Elke Metzger

Eine diskrete Art des Seins

Elke Metzger

Eine diskrete Art des Seins

Roman

edition fischer
im
R. G. Fischer Verlag

Die Deutsche Bibliothek – CIP-Einheitsaufnahme

Metzger, Elke:
Eine diskrete Art des Seins: Roman / Elke Metzger. –
Frankfurt (Main) : R. G. Fischer, 1993
(Edition Fischer)
ISBN 3-89406-673-3

Kruppstraße 100-102, D-6000 Frankfurt 60

Satz: Textverarbeitung Chr. Meyer, München
Schriftart: Avant Garde 10'n
Herstellung: Boscolo & Königshofer, Karlsruhe
Printed in Germany
ISBN 3-89406-673-3

Für Harald

1

Ein schlafender Mensch.
Eine Straße, welche tiefschwarz geteert wird, eine Straße im heißen Sonnenlicht, zusätzlich erhitzt von dem gut gekochten Teer.
Ein merkwürdig gießkannenartiges Gefäß hängt in der flirrenden Luft, und aus diesem zieht sich ein dünner, klebriger Einzelfaden der flüssigen Teermasse langsam in die Fugen. Der Teer dampft, die Straße dampft, die Luft ist heiß und schwer von dem Geruch des frischen Teers, der sich nun aus den Fugen auszubreiten beginnt. Langsam behäbig dahinquellend, ein schweres, spinnenartiges Gebilde formend, das die Straße verläßt, den Horizont hochsteigt, der heißen Luft ein Gitter überstreift, sich dann abwendet, sich auf die schlafende Gestalt zubewegt, sie erreicht, die Teerschnüre immer enger ziehend zur Brust steigt, diese wie ein Paket fest und unnachgiebig verschnürt, einzwängt, den Atem aus den Lungen preßt und neuen Atem nicht hineinläßt – Rosalinde erwacht.
Keuchend und gierig ringt sie nach Luft, die plötzlich ganz leicht ihre Lungen füllt, während sie versucht, die von Tränen verklebten Augen zu öffnen. Da war er wieder, dieser Traum, wie damals an dem fürchterlichsten Sonntag ihres Lebens.
Damals.
Es war ein friedlicher Sonntagmorgen im Sommer. Die Sonne schien, Kirchenglocken vom Tonband läuteten, Kirchgänger und andere Frühaufsteher waren unterwegs; Mütter versorgten ihre kleinen Kinder, für die der Begriff „Ausschlafen-Weil-Sonntag-Ist" keinen Sinn ergab, und Leute saßen auf Balkonen oder Terrassen und frühstückten ausgiebig, und so mancher hatte seinen sonntäglichen Familienkrach.
An diesem so friedlichen Sonntagmorgen hatte die Sonne eine Siedlung am Stadtrand, bestehend aus Betonburgen mit Appartements, welche in jedem Tierschützer den

Gedanken an Käfighaltung aufkommen lassen mußten, in Licht getaucht, als Rosalinde in einem dieser Appartements langsam zu sich kam. Erfolglos versuchte sie zunächst, ihren viel zu massigen Körper, dieses unglaubliche Gebilde aus Fleisch und Fett, in ihrem Bett zu drehen, als sie feststellte, daß ihr Kopf dröhnte und brummte, das Sonnenlicht in ihre Augen brennende Blitze jagte und ihre Zunge pelzig am Gaumen kleben blieb.
Wie so oft hatte sie am Abend vorher viel zuviel getrunken, obwohl sie sich regelmäßig, und zwar jeden Tag – und dies schon seit Wochen – vornahm, nichts mehr oder zumindest weniger oder besser, sehr viel weniger zu trinken – genau mochte sie sich nicht festlegen. Aber dann, wenn es ihr bis mittags besser ging, der brummende Kopf von mehreren Tabletten zum Schweigen gebracht worden war und das merkwürdige Kribbeln im Körper sich verflüchtigt hatte, war Rosalinde erleichtert und zunächst sehr entschlossen, den Schwur vom Morgen, nie wieder zu trinken, einzuhalten. Aber wie das so ist mit persönlichen Schwüren, noch dazu sich selbst gegenüber – sie modifizieren sich ebenso schnell, wie die Situationen sich ändern.
Noch während Rosalinde fest entschlossen zu sein glaubte, ihren Schwur von heute an wirklich einzuhalten, meldete sich in ihr die alkoholfreundliche Stimme und gaukelte ihr vor, daß es doch sicher ausreiche, wenn sie am Abend nur noch ein oder zwei Gläschen Bier oder Wein trinke – ein gepflegtes Bier, wie so nett gesagt wird –, und Rosalinde stimmte gern zu, denn die Vorstellung, für den Rest ihres Lebens keinen Alkohol mehr zu trinken, schien ihr schlicht absurd.
Am Abend dann wurde aus dem Willen zur Abstinenz die Freude, daß mit zunehmender Menge Wein die Ängste ihres Lebens unscheinbar und winzig wurden, und mit jedem Schluck, den sie zusätzlich nahm, wuchs der Wunsch, daß diese sorglose und angstfreie Nacht nie ein Ende haben möge.
Andererseits war es nicht so, daß Rosalinde etwa jeden Abend so viel trank, daß sie dann bis zum Mittag

brauchte, um einigermaßen klar zu werden – aber leicht benommen fühlte sie sich doch meistens.
Allerdings hatte sie gelegentlich, wenn sie morgens nach mehreren Anläufen endlich aus dem Bett gekommen war und in ihrer winzigen Küche saß, darüber nachgedacht, ob sie vielleicht befürchten müsse, zur Säuferin zu werden.
Aber diesen unangenehmen Gedanken schob sie rasch beiseite, denn das konnte nun wirklich nicht sein. Immerhin ging sie ihrer Arbeit selbst mit dösigem Kopf pünktlich und zuverlässig nach, ihre Kleidung und Wohnung waren ordentlich, und im übrigen – tagsüber trank sie nie.
Alkoholiker waren für Rosalinde Menschen, die in zwei oder drei Taschen ihr gesamtes Hab und Gut nebst Hausrat herumschleppend, in schmutzigen Kleidern, nach Fusel stinkend auf Parkbänken nächtigen, und für die ein ordentlicher, arbeitsamer Mensch höchstens ein verächtliches Naserümpfen parat hat.
Oder es waren Frauen, die ungekämmt, in verflecktem Unterrock und auch sonst ungepflegt waren und die keineswegs mehr einem Mann gefallen würden. Frauen, die es längst aufgegeben hatten, ihrer sogenannten Bestimmung gerecht zu werden, und es vorzogen, den Morgenkaffee schon mit Cognac zu mischen, während der Aschenbecher zwischen dem schmutzigen Geschirr voller und voller wird.
Rosalinde hatte darüber ihre festen Bilder – die einen schwarz, die anderen weiß –, das genügte ihr, Gegebenheiten treffend und richtig einzuschätzen.
Dementsprechend fühlte sich Rosalinde von einem solchen Zustand weit, sehr weit entfernt und würde dahin auch nie kommen, wie sie sich sagte, und wiederholte ihre Argumente von Pünktlichkeit und Ordnung, an denen sich gut festhalten ließ.
Zudem besaß sie eine nette Wohnung, welche sie gründlich sauberhielt und wo sie regelmäßig die Fenster putzte, deren Aufgabe nicht war, daß man hindurchsehen konnte, sondern sie waren das sichtbare Zeichen für die anderen, daß hier ein sauberer Mensch wohnt mit streifenfreien Fensterscheiben, egal, ob diese blinkenden, auch

im Sonnenschein makellosen Gläser mehr einem Brett vor dem Kopf ähnelten.
Die Gardinen wusch sie ebenso regelmäßig, gerafft und gestrafft, zudem reinweiß hingen sie zur Dekoration und Tarnung und vervollständigen das Bild der mustergültigen Ordnung.
Und in der Wohnung wischte sie jedes Staubkörnchen, ob sichtbar oder nicht, sorgfältig von Schränken, Tischen und Kommoden, klopfte die Polster der Couch und der Sessel aus, shampoonierte den Teppichboden, und schließlich, wenn alles sauber roch, blinkte und blitzte und fast jeder bedenkenlos vom Fußboden hätte essen können, setzte sie sich vorsichtig in einen Sessel, noch den feuchten Lappen für Nippes in der Hand, betrachtete zufrieden ihr Reich – und betrank sich.
Nein, tagsüber würde sie nie trinken, erst am Abend, wenn sie in die Eineinhalb-Zimmer-Wohnung mit Küche, Bad, Balkon und Aussicht auf viele andere Neubautrutzburgen kam, dann war ihr erster Weg zum Kühlschrank und dem ersehnten Bier oder Wein. Dazu machte sie sich einen großen Teller mit Leberwurstbroten, Käsehappen und einer kalten Boulette, was sie alles sorgfältig vor den Fernseher trug, holte sich noch ein volles Glas mit Salzstangen herbei, legte ihre müden, dicken und schmerzenden Beine auf das untere Teil des Relax-Sessels, schaltete den Fernseher an und tauchte in eine andere, schöne Welt. Schon die Werbesendungen streichelten ihre Seele, all diese jungen, gesunden, fröhlichen Menschen, die völlig problemlos mit einer Tasse Kaffee glücklich zu machen sind, diese schlanken, glatten Körper und Gesichter, die sich genußvoll von einem Duschgel, das nach Freiheit riecht, streicheln lassen – dies alles vermochte Rosalindes Stimmung zu heben, und während sie den darin enthaltenen Humor mit Bier hinunterspülte, freute sie sich auf einen schönen Film, am besten in Serie, deren Welt sie sich mit Bier und reichlichem Essen zielstrebig näherte.
Rosalinde lebte allein – so wie sie immer zumindest innerlich allein gewesen war.

Äußerlich war sie aufgewachsen im Haushalt einer älteren, kinderlos verheirateten Tante, deren Ehemann die Gesellschaft seiner Frau zu meiden suchte, wann immer es ging, und zwar auch dann, wenn er nicht als Handelsvertreter auf Reisen war. Dieser Onkel war ein stiller, netter Mensch gewesen, zu nett, um erfolgreich in Bezug auf größere Einnahmen zu sein, und viel zu still, um jemals in die Lage zu kommen, sich mit Tante ernsthaft auseinanderzusetzen.
Dieser nette Mensch, der wesentliche Teile seines Lebens damit verbracht hatte, sich den Herrschaftsansprüchen seiner Frau zu entziehen, war eines Nachts ebenso still im Schlaf gestorben.
Den Ruhestand hatte er noch nicht erreicht, aber er war sehr nahe daran, und es ist anzunehmen, daß ihn in diesem Stadium die geringen Aussichten auf Flucht vor seiner Frau, und sei es nur auf eine Parkbank, derart erschreckt hatten, daß er es vorzog, endgültig Abschied zu nehmen – still und heimlich und ohne vorherige Warnung für Tante, versteht sich.
Dies wiederum hatte Tante am nächsten Morgen, als Onkel zwar noch warm war, sich aber nicht mehr rührte, und Tante klar wurde, daß er dies auch nie wieder tun würde, zu lautem Wehklagen hingerissen – über Onkels schamlose Flucht, über ihre vertane Hingabe an ihn, über ihr vertanes Leben, ihre nutzlose Existenz, über die ihr drohende Einsamkeit, um dann überzugehen in bitterste Vorwürfe, wie dieser miese Zwerg dazu käme, sie derart im Stich zu lassen.
Und diese Vorhaltungen, die wie immer ohne Gegenrede des Onkels blieben – darin hatte sich jedenfalls nichts geändert –, endeten mit Tantes Versprechen an Rosalinde, nun immer bei ihr bleiben zu wollen, eine Aussicht, die dazu führte, daß Rosalinde begann, den Onkel zu beneiden. Denn sie hatte kein Verlangen danach, mit Tante zusammenzuhalten gegen diese entsetzliche Welt. Ihr war zwar nicht ganz klar, was Tante damit meinte, aber etwas Gutes würde ihr damit sicher nicht in Aussicht gestellt.
Wenn Rosalinde an ihre Kindheit bei Tante dachte – einen Namen hatte sie der so bedrohlich auf sie wirkenden Frau

nie gegeben –, dann hatte sie zunächst einmal diesen kalten, etwas schneidenden und auf Zankbereitschaft hinweisenden Befehlston im Ohr, mit dem Rosalinde ihre Anweisungen erhielt. Anweisungen, was sie zu tun und zu lassen hatte.

Zu tun, das waren zum Beispiel Putzarbeiten, die peinlichst genau ausgeführt werden mußten, die Rituale waren immer in gleicher Reihenfolge einzuhalten: erst gründlich fegen und zwar auch in den Ecken und unter den Schränken. Denn gerade boshafte, schwatzhafte Besucherinnen sahen dort sehr genau nach. Danach sehr feucht wischen und ein zweites Mal fast trocken nachwischen, und zwar wieder auch gründlich in allen Ecken – eben überall dort, wo boshafte, schwatzhafte Besucherinnen nachsehen. Manche scheuten sich noch nicht einmal, den Teppich etwas anzuheben – heimlich –, um zu sehen, was da alles hinuntergekehrt ist, denn unter den Teppich darf nur gekehrt werden, was man nicht sieht.

Wie ja überhaupt Besucherinnen, Fremde und Nachbarn gefährliche Feinde für Tante darstellten. Auf Besuche konnte sie verzichten, denn die kamen sowieso nur zum Schnüffeln, um auszuspionieren, wie die Wohnung eingerichtet war, was Tante von Sauberkeit hielt, und um sich vollzufressen.

Aber sie hatten den Vorteil, sie gingen wieder und kamen nur selten zurück – unbeeindruckt von Tantes honigsüßer Freundlichkeit: „So nehmen Sie doch noch ein Stück."

Und wenn sie dieser honigklebrigen Süße erlagen, dann hörte Rosalinde hinterher Tante zu Onkel sagen: „Siehst du, die kommen doch nur, um sich vollzufressen – anständige Leute waren das jedenfalls nicht."

Schlimmer waren allerdings noch die Nachbarinnen. Wenn Rosalinde die Wohnung verließ, bekam sie stets eindringlich eingeschärft, sich nur ja nicht ausfragen zu lassen, denn was Tante habe, das gehe niemanden etwas an, das mache die anderen nur neidisch, und dann werden die böse und gemein. Wie überhaupt die Menschheit böse und gemein sei und dem anderen nichts gönne. Aber sie, Rosalinde werde das schon noch merken, daß

die einzigen Menschen, die es gut mit ihr meinten, Tante und Onkel seien, auf niemanden anderen könne sie sich verlassen, dann wäre sie verloren.
Rosalinde beeindruckte das sehr, und sie wagte sich kaum an einer der Nachbarinnen vorbeizudrücken, wenn sie diese auf der Treppe traf, und antwortete nicht auf ein freundliches: „Na, Rosalinde, gehst du spielen?"
Aber zurück zu Rosalindes Arbeiten zur Reinhaltung von Tantes Wohnung.
Wenn eine solche Arbeit trotz aller Mühe Rosalinde mißlang, dann endete das damit, daß sie den nassen Putzlappen – kochfest und wiederverwendbar – um ihren Kopf patschen spürte, zusammen mit den Worten, daß aus ihr nie eine gute Hausfrau würde und jeder Mann sie nach vierzehn Tagen wieder wegjagen werde.
Das war es, was Rosalinde zu tun hatte.
Was aber sollte sie unterlassen?
Das herauszufinden war auch nicht einfacher, denn es war alles, was Tante nicht duldete. Und was sie nicht duldete, das war all das, was sie selbst nicht machte oder nicht hatte, und zudem duldete sie keine Widerworte oder als Gipfel der Renitenz eine andere Meinung. Dann nämlich hatte sich Rosalinde als ihr Feind gezeigt, den es zu bekämpfen galt, und wenn Rosalinde, aus dieser Erfahrung mehr oder weniger klug geworden, nichts mehr oder nur sehr wenig sagte, dann warf ihr Tante vor, Heimlichkeiten zu haben und prophezeite ihr eine düstere Zukunft, die im wesentlichen daraus bestehen würde, daß Rosalinde in der Gosse läge.
Und zwar erst recht, wenn sie nicht lerne, auf Tantes Seite zu stehen. Denn Tante hatte immer wieder Streit mit wechselnden Nachbarn, wobei es meistens darum ging, daß diese schlampigen Weiber, deren Wohnung Tante gar nicht erst sehen wollte, die gemeinsame Haustreppe nicht oft genug oder sauber genug putzten oder gar, daß sie Onkel schöne Augen machten.
Rosalinde war überfordert damit, immer zu wissen, wen sie nicht grüßen durfte, aus welchen Gründen auch immer, und als sie einmal eine Nachbarin, die zu ihr immer freund-

lich war, grüßte, hatte sie sechs Wochen Hausarrest in den Sommerferien zu verbüßen, damit sie lerne, Charakter zu haben.
Wie überhaupt Charakter darin zu bestehen schien, andere Leute zu verachten.
Die einen Frauen waren zu sehr herausgeputzt: „Die steht wahrscheinlich im Pelz am Herd, wenn die überhaupt was kocht mit den langen Fingernägeln, der arme Mann von der", die anderen fingen angeblich nur Gespräche an, um auszuhorchen und dann weiterzutratschen, und alle hatten sie schlecht erzogene Kinder, die Tante nicht in ihrer Wohnung sehen mochte, die machten sowieso bloß alles dreckig.
Zu diesen Anforderungen an ihren Charakter kam, daß Rosalinde schon seit früher Kindheit dazu neigte, mehr zu essen, als ihr Körper brauchte. Sie neigte dazu, für Körper und Seele, eben zweifach zu essen, was dem Körper bald deutlich sichtbar zuviel wurde, während die Seele nie genug bekommen konnte.
Und bei jeder Mahlzeit hörte Rosalinde, wie Tante ihr dieses furchtbare: „Friß doch nicht soviel" zuzischte. Immer dann blieb ihr zunächst das Essen zu einem unkaubaren Klumpen verfestigt im Munde kleben, der schließlich nur mit ein paar Tränen hinuntergewürgt werden konnte.
Der Klumpen schmeckte nicht mehr – so vermischt mit Tantes Worten –, der Körper fühlte sich satt vor Ekel, aber die Seele rief nach mehr, sehr viel mehr. Und wenn schließlich und endlich dieser Klumpen erst einmal hinuntergewürgt war, dann rutschte alles andere wieder besser, selbst wenn es noch immer vermischt war mit Tränen und Tantes Stimme: „Friß doch nicht soviel."
Irgendwann mochte Rosalinde diese Demütigung nicht mehr zusammen mit diesem Klumpen Essen in der Hoffnung hinunterwürgen, daß damit auch alles andere weggeschluckt wäre, und sie schwor sich, nur noch ganz wenig, am besten gar nichts mehr zu essen, egal, was Körper und Seele oder die Seele allein dazu sagen würden. Denn wichtiger war die Hoffnung, daß Tante sie in Ruhe

lassen würde, wenn sie nur erst einmal so aussähe wie Tante.
Aber es blieb bei diesen Schwüren. Erst war der Körper stärker, der ihr vom Magen her ein Hungergefühl nach oben in den Kopf schickte, welches sich beißend und unaufhörlich zurück durch den ganzen Körper zu fressen schien, vor den Augen verschwand das Licht, und irgendwann gab sich der Geist geschlagen und signalisierte einen baldigen Hungertod. Fast gleichzeitig zog die Seele nach, die es gewohnt war, auf Ärger und Aufregung mit einer zusätzlichen Portion Mittagessen oder vielen Süßigkeiten zur Ruhe gebracht zu werden, diese Seele schrie jetzt empört auf, wenn Ärger und Ängste nicht derart abgemildert wurden, daß sich der Mund mit Süßem füllte und die Geschmacksnerven zu beruhigen begann. Diese Seele fühlte sich zusätzlich geschunden und verlangte nach Kühlung, und zwar so hartnäckig, daß Rosalinde nichts anderes mehr denken konnte, als über die Frage zu sinnieren, ob ihr eine einzige Tafel Schokolade nun schade oder nicht. Mit dem Ergebnis, sie schadet nichts – eine nicht und zwei auch nicht.
Und Tante, diese Friß-doch-nicht-soviel-Tante, ahnte nichts von Rosalindes Schwüren oder Nöten. Im Grunde genommen war ihr das auch völlig gleichgültig, ob nun eine dicke oder dünne Rosalinde lebte – Tante herrschte gern und demütigte gern.
Wenn daher Rosalinde begann, oder vielmehr versuchte, einen ihrer Schwüre wahrzumachen und Tante bemerkte diese lächerlichen Versuche, dann lud sie Rosalinde regelmäßig die doppelte Menge Kartoffeln auf den Teller und zwang sie aufzuessen. Denn Tante war schließlich nicht dumm, wie sie selten zu betonen vergaß, und hatte jeweils sehr schnell erkannt, wenn Rosalinde wieder einen ihrer nutzlosen Versuche unternahm, und mit ein bißchen zusätzlicher Quälerei konnte man der Erfolglosigkeit noch nachhelfen.
Manchmal in solchen Situationen, aber nur ganz selten, murmelte der stille, farblose Onkel: „Laß doch das Kind", worauf Tante ihn angiftete: „Ich laß mir nicht nachsagen,

daß wir das Kind hungern lassen – ich möchte sowieso mal wissen, was die da für Lügen über uns erzählt."
Dieda-Rosalinde erzählte keine Lügen; sie erzählte überhaupt nichts, denn es gab auch niemanden, dem sie etwas hätte erzählen können – sie war immer allein.
Die anderen Kinder liefen vor ihr weg und riefen lachend: „Fang uns doch, Fettsack, dann spielen wir mit dir", für Rosalinde ein hoffnungsloser Versuch, den sie gar nicht erst machte.
Kinder sind brutal, sagten die Leute lächelnd bei solchen Gelegenheiten, was auch gar nicht verwunderlich ist in einer Zeit, in der das menschliche Ideal jung und gertenschlank zu sein hat und von Zeit zu Zeit auch noch flink wie ein Wiesel und zäh wie Leder. Und hart zu sich selbst und noch härter zu anderen, vor allem zu denjenigen, die ihre mangelnde Härte zu sich selbst so offensichtlich mit sich herumschleppen.
Die wohlgewachsenen Kinder blieben unter sich und Rosalinde draußen.
Wenn Onkel wie so oft nicht da war, dann leistete sich Tante am Abend ein paar Gläschen Rotwein – aus Gesundheitsgründen zur Blutbildung, wie sie erklärte – und dazu sah sie zusammen mit Rosalinde Filme über das Leben in der großen Welt und war immer wieder dankbar, daß es das Fernsehen gab. Da lebte und litt sie mit, wie es den schönen reichen Menschen gut oder etwas schlechter ging, da empörte sie sich über die Intrigen, die ja doch immer nur die Guten trafen, welche aber dann schließlich doch den Sieg davonschleppten auf ihr Bankkonto, wenn es auch zunächst sehr düster für sie ausgesehen hatte, da wurde sie nie müde, Rosalinde darauf hinzuweisen, wie sauber und wunderbar die Wohnungen und Häuser dieser Menschen doch aussähen; stellte dabei jedoch klar, daß sie selbst das alles allein sauberhalten würde, was bei jedem Ehemann noch mehr Anerkennung fände, als das Halten einer guten Dienerschaft. Denn dies sei auf jeden Fall Verschwendung, und schließlich müsse eine gute Ehefrau eine tüchtige Hausfrau sein. Da gab sie den Zweiflern Ratschläge, die diese völlig unbeachtet ließen, aber den-

noch irgendwann das Richtige taten, und Tante lehnte sich mit einem Seufzer der Erleichterung: „Ich habe es doch gesagt", zurück.
Dieses Schwelgen in der anderen Welt eines Spielfilms einer Serie und der Wein zur Blutbildung bewirkten bei Tante nicht nur gerötete Wangen und glänzende Augen, sondern es bewirkte auch, daß sie freundlich wurde zu Rosalinde und sie in Ruhe ließ.
Denn Tante war, wenn sie ihren Wein zur Blutbildung nicht hatte, sehr freigebig in ihren Strafaktionen. Schmerzen und Demütigungen gehörten zu dem, was sie sich unter Erziehung vorstellte, Erziehung wie Tante sie an sich selbst erfahren hatte, und: „Schläge hatten schließlich noch keinem geschadet", aber genug Angst eingejagt.
Tante hätte wahrscheinlich laut gelacht oder über soviel Unverstand ratlos den Kopf geschüttelt, wenn ihr jemand gesagt hätte, daß man mit Kindern reden kann und sie auch überzeugen kann, daß dies allemal besser sei, als Angst einzujagen. Wie hatte sich Tante einmal mokiert, als sie gehört hatte, wie eine Mutter zu ihrem Kind „bitte" sagte.
„Zu einem Kind sagt man doch nicht bitte, wär' ja noch schöner, in sie Hochmut zu pflanzen und sie um etwas zu bitten."
Auch Rosalinde war das seltsam vorgekommen, denn sie hörte immer nur: „Geh das holen, mach dies, und laß von jenem die Finger."
Nein, die beiden Grundpfeiler der Erziehung, die notwendig sind, um aus einem Kind einen Menschen zu machen, das waren die Forderung nach Gehorsam oder eben eine demütige Prozedur mit Schmerzen. Und immerhin war aus Tante selbst auch ein anständiger Mensch geworden, der genau wußte, was Recht und Ordnung waren und der nicht bereit war, Abweichungen zu dulden. Der Mensch hat zu gehorchen, was nicht schwierig ist bei klar vorgedachten Linien. Eigene Gedanken mußte er sich nicht machen, dafür waren andere zuständig, und wer trotzdem dachte, der hatte still zu sein.

So einfach und schön kann das Leben sein, erfreuen kann man sich an der Natur. Und überhaupt: das Leben ist ein Jammertal, und je größer der Jammer, um so schöner das Leben nach dem Tode, das man sich hart genug verdient und erdient hatte.
Aber sonst sorgte Tante für alles.
Sie sorgte für Kleider, die sie für Rosalinde als schön aussuchte – nur Kleider, keine Hosen etwa, denn: „Dein dicker Hintern paßt nicht in Hosen."
Mit ihren Argumenten war Tante nie sehr feinfühlig und hielt sich auch hier mit Erklärungen nicht lange auf, denn die Suche nach einem passenden Kleid war bei Rosalindes Ausmaßen schon mühselig genug. Daher begann Tante, die für sich alles selbst nähte, auch für Rosalinde zu schneidern, die gleichen gedeckten, tristen Farben – dezent, sagte sie dazu, nur nicht auffallen, sonst denken die Männer, du willst etwas von ihnen – und eigentlich die gleichen Schnitte, nach denen Tante für sich nähte. Dafür sollten dann diese adretten, weißen Krägelchen jugendlich machen und eine frische Gesichtsfarbe geben.
Allerdings hatte dazu Rosalinde auch ein anderes Gesicht zu machen, nicht so muffig, nachdem sich Tante schon soviel Mühe gegeben hatte. Aber egal, was Rosalinde an anderen Gesichtern ausprobierte, es war nie das, welches Tante sehen wollte. Es sollte so ein Honiglächeln um ihre Lippen kleben – jedenfalls in der Öffentlichkeit oder wenn Besuch da war. Aber der erste Versuch Rosalindes in diese Richtung führte nur zu Tantes Frage: „Warum lächelst du so maliziös", wobei dieses Wort in Tantes Sprachschatz vermutlich neu war, denn gemeint hatte sie etwas anderes.
Tante schien es egal, daß Rosalinde bald zu der entmutigenden Erkenntnis kam, daß sie machen konnte, was sie wollte – richtig war es in Tantes Augen, die sich soviel Mühe mit ihr gab, nie. Und das machte traurig, denn wie sich im Lauf der Jahre zeigte, hatte Tante recht gehabt mit ihren Warnungen vor den anderen Menschen, die Rosalinde entweder auslachten oder nichts mit ihr zu tun haben wollten oder sie ärgerten, wo sie nur konnten.

Und um wenigstens Solidarität mit Tantes Reden zu zeigen, übernahm sie Tantes Meinungen, gab ihr recht und übernahm später Tantes abgelegte Handtaschen und ihre schwarze Persianerjacke, die allerdings mit Stoffeinsätzen verbreitert werden mußte, was ohnehin jugendlicher bei einer Sechzehnjährigen aussah.
Tante sorgte auch für Urlaubsreisen nach Österreich – doch nicht etwa ans Meer, um sich dort halbnackt auszuziehen und anstarren zu lassen –, und schön waren sie, die geruhsamen Spaziergänge in der Ebene, die majestätischen Berge vor Augen. Zwischendurch ruhten sie sich auf einer Bank aus, und Tante hob mit einem zufriedenen Lächeln ihr Gesicht in die Sonne, schloß die Augen, und Rosalinde versuchte das gleiche. So bildeten sie eine schöne heile Familie, wie es sie nur noch selten gab und an der sich die anderen ein Beispiel nehmen konnten.
Tante half auch bei den Hausaufgaben, wobei sie eine überraschende Geduld bewies, die ihr niemand zugetraut hätte, am allerwenigsten Rosalinde. Eine Begründung dafür hat sie auch später nie gefunden. Außerdem sorgte Tante für eine gute Ausbildungsstelle, als Rosalinde sich nicht entscheiden konnte.
Abgesehen davon war Tante immer da und kümmerte sich um alles, aber auch wirklich alles, und was ihr nicht gut genug oder schnell genug ging, das nahm sie eben selbst in die Hand. Es kam auch niemals vor, daß Rosalinde, wenn sie aus der Schule kam, etwa vor verschlossener Wohnungstür gestanden oder kein Mittagessen bekommen hätte – Tante war immer da und sagte: „Na, da bist du ja."
Niemals hatte Rosalinde etwa keine saubere Kleidung oder trug ungeputzte Schuhe – an den Schuhen und Fingernägeln kann man den Charakter eines Menschen erkennen, war noch eine von Tantes schlichten Lebensweisheiten –, niemals war die Wohnung nicht peinlich ordentlich aufgeräumt, und immer roch Tante frisch gewaschen und leicht nach Lavendel.

Manchmal, wenn der Wein sie entspannt hatte, dann erzählte Tante aus ihrer eigenen, zugegeben sehr harten Jugend.

2

Tantes Jugend war geprägt von den schlimmen Entbehrungen der zwanziger Jahre. Der Vater war sehr lange arbeitslos und dann in den Geruch gekommen, ein Sozi oder gar ein Kommunist zu sein, wie, wußte er selbst nicht so genau oder sagte es eben nicht, denn was wirklich geschehen war, als er seine Arbeit nach einem Streik verloren hatte, das erfuhr Tante nie.
Was sie aber erfuhr oder fast täglich mitanhören mußte, war, wie ihre Mutter jeden Tag trostlos jammerte oder schimpfte, daß sie nicht mehr wisse, wie sie sechs Kinder in einer Zwei-Zimmer-Wohnung und meistens ohne warme Mahlzeit großziehen und anständige Menschen aus ihnen machen solle.
Der Vater ging oder schlich stempeln und lieferte auch alles treu bei der Mutter ab, aber es reichte kaum, die Miete zu bezahlen. Und wenn er sich einem möglichen Arbeitgeber vorstellen ging, dann kam er entmutigt und mit hängenden Schultern zurück, denn entweder war er zu spät gekommen oder ein geheimnisvolles Nachrichtensystem schien zu funktionieren, denn ihn wollte keiner. So ging die Mutter putzen – aber wer konnte sich in jenen Jahren schon eine Putzfrau leisten. Diejenigen, die gut und übermäßig verdienten und sich mit Personal umgeben konnten, was sie auch taten, schon um ihren grandiosen Aufstieg zu zeigen, diejenigen mochten eine durch zu

viele Geburten in jener schlechten Zeit und durch Armut und Sorgen verhärmte Frau nicht gerne um sich haben – mag sein, daß sich da bei ihnen ein schlechtes Gewissen regte, wenn sie so deutlich und unübersehbar vor Augen hatten, auf wessen Kosten sie im wesentlichen ihren Reichtum erworben hatten.
Denn die Reichen waren die, die trotz des verlorenen Krieges die Gewinner waren und die Nachkriegszeit gleich mitgewonnen hatten.
Nein, diese Leute brauchten die verhärmte und abgearbeitete, ständig übermüdete Frau nicht.
Und diese Frau, die in der Sicherheit des zwar nicht wohlhabenden, aber auch nicht ärmlichen Bürgertums aufgewachsen war, hatte auch einmal ihre Träume gehabt – damals, als sie, den sicheren weiteren Frieden vor Augen, zu Kaisers Zeiten geheiratet hatte. Damals sah auch alles sehr gut aus, was die Hoffnungen auf eine gesicherte Zukunft betraf. Über vierzig Jahre Frieden waren vergangen, und der Gedanke an einen Krieg schien um so abwegiger, je länger der Friede dauerte. Aber selbst, als dann Krieg war und der Ehemann Soldat werden mußte, da wollte sie schon dafür dankbar sein, wenn er zumindest körperlich gesund wieder nach Hause käme, und sie hoffte wie jeder andere auch auf das Ende des Krieges und den Frieden danach – dann würde schon alles werden wie vorher.
Das Wort Hoffnung hatte sie später nicht mehr in ihrer Sprache, wozu auch, für sie traf es auf jeden Fall nicht zu.
Es ging ihnen schon schlecht genug, denn es kamen immer mehr Kinder, als sie je gewollt hatten, und auch auf sie traf nicht der Volksmund zu, der da sagt, wo drei satt werden, da werden auch vier satt. Zumal es wohl kein Rezept gab, was zu tun war, wenn schon drei nicht satt wurden.
Und dann mischte sich dieser unglückselige Ehemann auch noch in die Politik ein, die das einfache Volk sowieso nichts anging – und dann mischte er sich auch noch auf der falschen Seite ein, als wäre sein geringer Lohn nicht schon Unglück genug.

Alle ihre Befürchtungen und Ängste bestätigten sich, wenn sie ihrem Mann immer wieder sagte: „Die brauchen dich nicht, sie werden dich rauswerfen, denn jeder Arbeitgeber will in seinem Betrieb Ruhe haben und kann schon gar nicht einen gebrauchen, der die anderen aufwiegelt. Wehren kann man sich nur, wenn man stark ist, aber wer ist denn so idiotisch, sich zu wehren, wenn er schwach ist."
Und auf den leisen Einwand ihres Ehemannes, daß die Schwachen aber doch in der Überzahl seien, daß jeder dieser Arbeitgeber doch die Arbeiter brauche, sonst könne er seinen Betrieb zumachen, stellte sie verbittert fest, daß die anderen von dieser Überzahl ihre Arbeit behalten hätten, er aber, er sitze auf der Straße – wie immer am Ende vom Lied.
Diese Frau, die das Wort Hoffnung nicht mehr kannte, bekam einen unbändigen Haß auf alles, was nur so aussah, als habe es mit Politik zu tun. Sie ging auch nicht zu all den vielen Wahlen jener Zeit – und als ihr ältester Sohn eines Tages in der braunen Uniform der SA daherkam, prügelte sie ihn die Treppe hinunter und schrie ihm hinterher, er dürfe erst nach Hause kommen, wenn er wieder ein anständiger Mensch geworden sei, wobei diese Reaktion nicht aus Weisheit, sondern aus Haß geboren war und dem Instinkt, der Böses ahnen ließ.
In jener harten Zeit mußte Tante als Kind morgens um vier aus dem warmen Bett heraus, in welchem sie mit zwei Schwestern schlief, sie mußte Wäsche einweichen, Wasser im Hof holen und den Ofen in der Küche anheizen – und wehe, sie nahm dafür zuviel Holz, dann gab es schon das erste Mal Ohrfeigen, und wenn sie später in der Schule einschlief, weckte sie der stramme, noch immer kaisertreue Lehrer mit Stockschlägen.
Aber, wie Tante betonte, das habe sie nicht umgebracht, sie habe gelernt, sich durchzusetzen und alles zu tun, um nie wieder arm zu sein. Sie habe sogar damals für ihre Verhältnisse sehr gut geheiratet, wenn auch ihr Ehemann sich später als Mißgriff herausgestellt hatte, denn ihm genügte, was sie hatten, und er machte so gar keine Anstrengungen, wie all die anderen, weiterzukommen, sich nach

oben zu arbeiten, sich in eine größere Wohnung oder in ein eigenes Haus mit Garten hineinzuarbeiten, sich ein größeres Auto zu erarbeiten, sich Ansehen zu erarbeiten oder zu erdienen, wie auch immer, es ist doch gleichgültig, Hauptsache nach oben.
Und er hatte noch nicht einmal dafür sorgen können, daß Tante ein Kind bekam, obwohl sie schon gerne eines wollte – mehr nicht, auf keinen Fall, denn mehrere Kinder würden für die Talfahrt in die Armut sorgen –, also eines hätte sie schon gern gehabt, aber noch nicht einmal dazu sei er fähig gewesen, so daß ihre Pflichterfüllung dafür, daß er sie ernährte, auch völlig sinnlos war – die jedenfalls hätte sie sich sparen können.
Danach kam sie zu dem Schluß, daß es Rosalinde wirklich gut gehe und riet ihr, für ihre Gedankenwelt in geradezu revolutionärer Weise, sich von Männern besser fernzuhalten, sich lieber allein ihr Brot zu verdienen, denn sie taugten alle nichts. Entweder schafften sie nichts, oder sie hätten andere Weiber – wieder eine von Tantes schlichten Lebenswahrheiten.
Nach dem Schulabschluß hatte Tante für Rosalinde beschlossen, daß sie am besten Verkäuferin würde, und zwar nicht etwa dort, wo sie sich an Kartoffeln die Hände würde schmutzig machen müssen, sondern in einem Geschäft, wo Kleider verkauft werden und Rosalinde weiche, schöne Stoffe um sich haben würde. Und mit ihrer Hartnäckigkeit hatte sie auch bald eine Lehrstelle für Rosalinde in einem der guten Bekleidungsgeschäfte der Stadt mit langer Familientradition und Ausstrahlung von Seriosität gefunden.
Rosalinde war das sehr recht gewesen, denn sie selbst hatte keine genaue Vorstellung, was sie hätte werden wollen; sie saß lieber in ihrem Zimmer und las, und da man, wie Tante immer wieder sagte, mit Lesen kein Geld verdienen könne, wurde sie eben Verkäuferin – sie wäre auch Busfahrerin, Postbote oder Frisöse geworden, es war einerlei. Zudem hatte sich Rosalinde längst daran gewöhnt, daß alles, was ihr Leben betraf, von Tante letztendlich entschieden wurde, was Tante im übrigen auch gar nicht so

schlecht machte und Rosalinde nicht zwang, ihre Bequemlichkeit für eine Weile aufgeben und einen Entschluß fassen zu müssen.
Abgesehen davon hatte Rosalinde schon Träume darüber, wie ihr Leben eines Tages auszusehen habe, aber die Umsetzung dieser Träume begann sie erst gar nicht, denn zum einen stand ihr dazu ihre Bequemlichkeit im Weg und zum anderen wollte sie dafür nicht kämpfen – schon gar nicht gegen Tantes Vorstellungen und massive Gegenwehr.
Später – sehr viel später – überlegte Rosalinde gelegentlich, ob es nicht vielleicht besser gewesen wäre, mit Tante über ihre Träume zu sprechen, denn eigentlich mußte Tante auf Grund von Rosalindes schweigsamer Untätigkeit davon überzeugt sein, daß sie selbst alles in die Hand nehmen müßte, sonst geschehe nichts.
Vielleicht hätte Tante sogar gewußt, wie einer dieser Träume zu verwirklichen war, denn wichtig für Tante war nur, daß ein Beruf Rosalinde auf Dauer ernähren würde – und daß er anständig und angesehen zu sein hätte, was auch immer Tante darunter verstanden haben mochte.
Also wurde Rosalinde Verkäuferin, obwohl sie sehr bald merkte, daß ihr die Vorstellung, auf fremde Menschen zuzugehen und nach deren Wünschen zu fragen, entsetzlich vorkam. Sie wagte kaum, sich einem Kunden zu nähern, und sie wagte noch weniger, ihn oder sie anzusprechen, obwohl sie sich ihre Worte gut zurechtgelegt hatte. Aber bei jedem Schritt, mit dem sie sich ihrem Feind näherte, verschwanden diese wohlgesetzten Worte Stück für Stück, sie lösten sich einfach auf, verflüchtigten sich fetzenweise, wie Morgennebel, und schließlich schaffte es Rosalinde gerade noch, den Kunden fragend anzusehen und das aufgeregte Zittern ihrer Hände zu verbergen, während sie gleichzeitig versuchte, die ihr im Halse als Knoten steckengebliebenen Worte zu entwirren und im Zusammenhang herauszuwürgen.
Der Inhaber des Geschäftes mit jahrzehntelanger Erfahrung hatte sehr schnell gemerkt, daß Rosalinde kaum je in der Lage sein würde, den lockeren Umgang mit Kunden

zu lernen, andererseits war sie fleißig und willig, sie fehlte nie, sie machte keine Schwierigkeiten, egal, welche Arbeiten ihr aufgetragen wurden, und räumte mit Hingabe Regale auf. Es war ihr nie zuviel, Berge von gezeigter, auseinandergelegter Ware wieder ordentlich zusammenzulegen und wegzuräumen, angekommene Ware aufzubügeln, das Lager zu sortieren, das Schaufenster auszusaugen und was eben sonst noch anfiel.
Er nannte sie die stille, wertvolle Seele des Geschäftes – ein Lob, das Rosalinde glücklich machte. Sie wußte nicht, daß sie eigentlich die Arbeit von zwei Angestellten und manchmal auch einer Putzfrau machte, sie war zufrieden und wurde gelobt.
Es war daher zu ihrer Freude selbstverständlich, daß sie nach Abschluß der Lehre in diesem Geschäft bleiben konnte, was selbst Tante zu einem stillen, fast glücklichen Lächeln bewegte – auch wenn sie beide wußten, daß sich Rosalindes Lohn dadurch nur unmerklich erhöhen würde. Aber sie hatten Tantes Rente und eine günstige Wohnung.
Als Tante einige Jahre darauf in recht hohem Alter gestorben war, da stellte Rosalinde erstaunt fest, daß Tante all die Jahre eisern gespart hatte, um auch noch nach ihrem Tod für Rosalindes Zukunft zu sorgen und in ihrem Testament mahnte sie ein letztes Mal: „Ich habe dir eine kleine Eigentumsneubauwohnung gekauft. Sie ist schuldenfrei, so daß du nie wirst Miete zahlen müssen, und dann reicht auch das im Geschäft verdiente Geld. Pflege die Wohnung, dann hast du auch keine Last mit Reparaturen."
Ein überraschendes Testament, dessen Anfang Rosalinde zunächst nicht hinunterdenken konnte, der ihr im Kopf kleben blieb, wie der Klumpen nach dem Friß-doch-nicht-soviel, denn: „Ich setze hiermit meine geliebte Pflegetochter Rosalinde, die mir Jahre der Einsamkeit erspart hat, als meine alleinige Erbin ein", sagte Tante, als sie schon begraben war, schriftlich und viel zu spät.
Rosalinde war überrascht und fühlte sich sogar etwas beschämt, jedoch nicht zu einer späten posthumen Liebe verpflichtet, als sie daran dachte, wie sehr Tante ihr Leben lang von einem kleinen Haus oder einer eigenen Woh-

nung geträumt hatte. Tante, die immer zur Miete wohnte und bis zuletzt der Vermieterin pünktlich an jedem Monatsersten die Miete bar in die Hand gezählt hatte, sorgte für Rosalinde besser als für sich selbst und war auch hier sich und ihren Worten treu geblieben: „Du sollst es einmal besser haben."

Worte, mit denen sie stets alle ihre Forderungen nach Gehorsam, Pflichterfüllung, Sauberkeit und Ordnung begründet hatte. Und offensichtlich hatte sie Rosalindes Fähigkeit, sich selbst zu helfen, in engem Zusammenhang mit deren Bequemlichkeit gesehen und eben soweit sie konnte, bis in die Zukunft hinein gesorgt und eine letzte Entscheidung für sie getroffen, die von Rosalinde sehr dankbar angenommen wurde.

Rosalinde zog um in diese Neubau-Eigentumswohnung, die so klein war, daß erkennbar wurde, wie sehr doch Tante damit gerechnet hatte, daß ihre mahnenden Worte vor Männern bei Rosalinde auf fruchtbaren Boden gefallen waren und dort bleiben würden, denn selbst für zwei war diese Wohnung viel zu klein.

3

Wenig später hatte der Inhaber und Lehrherr sein Geschäft an den Sohn und die Schwiegertochter übergeben, aus Altersgründen, aus Gesundheitsgründen und weil er es satt hatte, sich nahezu täglich sagen zu lassen, daß man ein Geschäft nicht rückständig führen könne – was immer das auch heißen mochte. Zumal er keine Verluste machte und die erzielten Gewinne ihm reichten, zumal er keine Schulden abzutragen hatte und den düsteren Prognosen,

daß er so nicht konkurrenzfähig bleiben würde, kaum Glauben schenken konnte.
Kurz nachdem das Geschäft an die jungen Leute, die nächste Generation, der man ja schließlich mal Platz machen müsse, wie der scheidende Chef erklärte, übergeben worden war, kam das, was man einen neuen Schwung nennt.
Der scheidende Chef war mit einer sehr anrührenden Feierstunde und viel Dankbarkeit verabschiedet worden, mit ihm auch gleich ein paar wohlverdiente Mitarbeiter, denen der vorgezogene Ruhestand mehr oder weniger schmackhaft gemacht worden war und damit, so schien es Rosalinde, war dann wohl ein ganzes Jahrhundert zu Ende gegangen.
Es wurde umgebaut, vergrößert, renoviert und vor allem modernisiert. Für die Schaufensterfront, die jetzt rechts und links neben der Eingangstür prangte, kam regelmäßig ein Dekorateur, dessen Kreationen die Damen und Herren magisch zum Stehenbleiben, Ansehen, Staunen und Kaufen verführen sollten, und die ganze Nacht blieben diese Schaufensterkreationen hell erleuchtet.
Hohe Kredite, die sich schnell auszahlen mußten, hatte die nachrückende Generation für diesen Palast der Bekleidung aufgenommen, und entsprechend wurde auch Rosalinde deutlich gemacht, daß sich die Verkaufszahlen, zumal die Waren qualitativ enorm erhöht worden seien, ebenfalls erhöhen müßten, und zwar drastisch.
Rosalinde fiel es zwar schwer, zum Beispiel bei der Qualität der Stoffe, auf die der alte Chef schon immer sehr großen Wert gelegt hatte, einen Unterschied zu erkennen, jedenfalls nicht in Richtung steil steigender Preise. Denn Rosalinde war zwar dick und ziemlich bequem, aber nicht dumm. Und so machte sie sich schon Gedanken darüber, weshalb ein Stoff, der nur noch zur Hälfte aus Wolle bestand, denn soviel mehr kosten könne.
Aber gedenk der Worte von Tante über deren Vater, welcher vermutlich zum unrichtigen Zeitpunkt und überhaupt den Mund aufgemacht hatte, schwieg sie. Natürlich übersah sie auch nicht, daß die Kleidung sehr modisch war. So

modisch, daß jeder, der sich dafür interessierte, im nächsten Jahr genau feststellen konnte, daß dieses gute, teure Stück aus dem letzten Jahr stammte und deshalb längst passé war – und damit auch die Trägerin.
Und weshalb jemand soviel Geld bezahlen sollte für ein Stück, das nur wenige Monate getragen werden konnte, ohne daß es je abgetragen wurde, das begriff Rosalinde ebenfalls nicht.
Damals hatte Rosalinde begonnen, abends ein paar Gläser Wein – zur Blutbildung, wie Tante – zu trinken. Danach staunte sie, wie sehr es doch half, sich dann vorzumachen, daß alles schon rechtens sei, daß sich die Zeiten eben geändert hätten, daß das Leben schnellebig geworden sei und die Menschen nach Luxus und immer wieder Neuem strebten. Gleichzeitig war es nach ein paar Gläsern sehr einfach, sich vorzumachen, daß sie doch nicht so allein sei, wie sie sich fühlte, daß Tante auf jeden Fall noch da sei, wenn auch nicht körperlich anwesend.
Dann unterhielt sie sich mit Tante, das heißt, sie erzählte Tante, daß die neue Chefin ihr fast täglich sagte, daß es doch nicht so schwierig sein könne, der Kundin zu dem neuen Rock noch eine Bluse zu verkaufen, da nur so das Outfit stimme. Dabei hatte diese Frau – kühl, dünn, perfekt angezogen und geschminkt – überhaupt keine Ahnung davon, was es Rosalinde an Kraftaufwand gekostet hatte, dieser immer wieder zögernden Kundin überhaupt etwas zu verkaufen, und hätte deren Tochter nicht Kindstaufe gehabt, dann hätte diese Frau auf jeden Fall nicht das Geschäft betreten. Denn diese Kundin hatte ebenso viele Hemmungen wie Rosalinde, bei der sich nach den langen Jahren die Routine noch kaum bemerkbar machte.
Inzwischen war das Lager computergesteuert, die Schaufenster wurden von einer Reinigungsfirma gesäubert, und Rosalinde mußte jetzt weitaus öfter bedienen und mehr verkaufen als zuvor.
Außerdem konnte sie Tante erzählen, wie die Chefin bedeutungsvoll gelegentlich nebenbei bemerkte: „Also, ich weiß nicht, ob wir Sie auf Dauer werden halten kön-

nen", was Rosalinde ständig in Angst und Schrecken versetzte.
Wenn Tante noch leben würde, dann hätte sie vielleicht dieser arroganten Person ein paar deutliche Worte sagen können. Oder Tante hätte sich ihr bestes Schneiderkostüm angezogen, ihren guten Hut aufgesetzt und hätte für Rosalinde eine neue Stelle gesucht und mit Sicherheit auch gefunden.
Oder Tante hätte diese arrogante Person sogleich durchschaut und mit dem sicheren Blick ihres Mißtrauens festgestellt, daß diese Bemerkungen nur gemacht wurden, um Rosalinde zu Höchstleistungen anzuspornen und sie unter Furcht und Spannung zu halten. Die Chefin wußte genau, daß sie auf Rosalindes Zuverlässigkeit kaum würde verzichten können, und sie hatte die Befürchtung, daß Rosalinde bald gehen würde, denn daß Rosalinde den Wechsel nicht gerne mitgemacht hatte, das war ihr anzusehen gewesen. Aber den Wert als Ware, den Rosalinde darstellte, hatte sie sehr schnell erkannt: unterbezahlt und sich für keine Arbeit zu schade, bereit, immer Überstunden zu machen, nicht zur Unzeit nach Urlaub zu fragen und immer pünktlich zu sein – das fand sich kaum wieder.
Und Tante hätte all dies erkannt und hätte für Rosalinde vermutlich mehr Geld verlangt und mit Sicherheit auch bekommen.
So aber trafen diese Gelegenheitsworte auf Rosalindes Gemüt wie ein Keulenschlag, und sie fühlte sich in Gegenwart dieser perfekt gestylten Frau zu einem riesigen Brei auseinanderlaufen oder als übergroßen Fladen auf den Boden platschen.
„Friß doch nicht so viel", hörte Rosalinde in diesen Fällen Tantes Stimme förmlich aus den Blicken der Chefin sprechen, und mit fast liebevoller Zärtlichkeit wünschte sich Rosalinde, Tante wäre noch da, dann würde sie ihr schon dabei helfen, jetzt wirklich nicht soviel zu essen und abzunehmen. Aber so? So würgte sie bald am Abend in der Sicherheit ihrer Wohnung den unförmigen Klumpen, der sich im Lauf des Tages in ihrem Mund angesammelt hatte,

mit ein paar Flaschen Bier hinunter, denn der Wein zur Blutbildung verursachte ihr Sodbrennen.

4

Rosalinde wälzte sich in ihrem Bett zum Fenster hin und blinzelte mit schmerzenden Augen und dröhnendem Kopf in das Tageslicht. Es war noch immer Sonntag, und die Kirchenglocken vom Tonband läuteten auch noch immer, was Rosalindes Kopf zum Vibrieren brachte.
Dafür, daß es erst Vormittag war, hatte sich Rosalindes Betonburg schon sehr stark aufgeheizt, und sie spürte, wie ihr der Schweiß den Körper hinunterrann, wie sich ganze Bäche unter ihren Brüsten und in den Falten der Fleischwülste um ihren Bauch sammelten und dann weiter zwischen ihre Schenkel flossen.
Rosalinde wischte diese unangenehme Nässe unter ihren schweren Brüsten weg und stellte fest, daß sie ohne Nachthemd im Bett lag – wie das gekommen war, das wußte sie zunächst nicht. Irgendwann förderte ihr Grübeln die Erkenntnis in ihre Erinnerung, daß sie am vorherigen Abend mit einem Bekannten, den sie lange nicht gesehen hatte, erst Essen gegangen war und dann mit ihm in ihrer Wohnung offenbar noch sehr reichlich getrunken hatte – bis die Hand des Bekannten auf ihrem Schenkel gelegen hatte und er sagte: „Bei dir gibt es wenigstens was anzufassen."
Rosalinde, die schon auf einer Welle von Trunkenheit davonschwamm, war es egal, ob er noch mehr anfaßte, was er dann auch tat, und irgendwann fanden sie sich ohne Kleider in Rosalindes Bett wieder, wo Rosalinde schon nicht

mehr wahrnahm, wie er sagte: „Manchmal sind fette Frauen für mich das größte."
Und selbst wenn sie das gehört hätte, es wäre für sie völlig bedeutungslos gewesen, denn Rosalinde schlief mit einem Mann, wenn ihr danach war, und ansonsten war ihr nicht weiter wichtig, ob sie nun diesem Mann besonders gefiel oder ob auch er einfach nur, aus welchen Gründen auch immer, mit ihr schlafen wollte.
Schließlich war ihre Einstellung zur Sexualität ebenfalls von Tante sehr entscheidend geprägt und gesteuert worden. Und was Tante am meisten verachtete, und zwar kam das noch von ihrem ungeliebten Ehemann, war Sexualität. Die hatte es nur und ausschließlich in der Ehe zu geben und auch nicht zu oft und wenn, dann möglichst zur Zeugung eines Kindes. Spaß oder Freude hatte es nicht zu machen, jedenfalls nicht der Frau, die damit ihre ehelichen Pflichten erfüllte und gleichzeitig im geheimen die unbeherrschte Gier des Mannes verachtete, das hatte man über sich ergehen zu lassen, um Kinder zu bekommen, und wenn das nicht gelang, dann als Bezahlung dafür, daß man von dem Mann ernährt wurde. Schließlich sei man kein Tier, das seinen Trieben hemmungslos nachgab, der Mensch kann sich beherrschen, und im übrigen wäre es viel besser, wenn die Natur dem Menschen nicht nur den Verstand gegeben hätte, sondern ihm damit auch die Möglichkeit, mit dem Verstand Kinder zu zeugen. Dann brauchte man nicht schamlos breitbeinig, auf die Matratze gepreßt, dazuliegen und zu warten, bis es nun endlich vorbei war. Das hatte Tante oft genug erklärt. Das Wort Lust gab es in Tantes Wortschatz, der, was die Sexualität betrifft, schon sehr gering war, nicht. Lust – das konnte sie sich, wenn sie darüber nachgedacht hätte, noch eher bei Huren vorstellen, die in ihren Augen sowieso für all das Verwerfliche zuständig waren, was über das Allernotwendigste hinausging. Als Kind war sie so erzogen worden, daß schon ein zu langer Blick auf einen Jungen ihr Ohrfeigen einbrachte, und später, als sie alt genug war, auf dem Heiratsmarkt präsentiert zu werden, galt als gute Ware nur eine sittsame Ware. Ihren Körper hatte sie immer, ohne genau hinzusehen oder

ihn zu berühren, im Zuber in der Küche unter den Augen ihrer Mutter mit einem dicken Schwamm gewaschen. Als sie ihre Periode bekam, da hatte man ihr erklärt, daß niemand daran sterben würde, sondern daß man es brauche, um Kinder bekommen zu können – und daß sie sich von jetzt an besonders in acht zu nehmen hätte vor Männern, denn die wollten immer nur das Eine. Was das Eine war, das erfuhr Tante erst nach der Heirat auf der Matratze. Später gab sie dann ihre Erfahrungen, ihre Erkenntnisse und Schlüsse, die sie daraus gezogen hatte, weiter an Rosalinde.

Und die Zeiten waren für Rosalinde so, daß von Keuschheit viel gehalten wurde und von Aufklärung gar nichts.

Später, als diese großartige Ordnung der Sittlichkeit und ehernen Moral, die sprach und verurteilte, aber in Wirklichkeit und Heimlichkeit etwas ganz anderes tat, in sich zusammengeschrumpft war, nahm sich Rosalinde heraus – wenn auch mit schlechtem Gewissen und nie ganz frei von Tantes Worten –, über Sexualität nicht nur nachzudenken.

Inzwischen war sie dieser für Tante typischen Fürsorge entronnen, so meinte sie jedenfalls, und zweimal war sie zu Abtreibungen ins Ausland gefahren.

Liebe hatte sie nie bekommen, und sie hätte auch nicht zu sagen gewußt, was ihr fehlte. Ein Kind wollte sie auf keinen Fall bekommen, obwohl sie eigentlich gerne eines gehabt hätte. Aber eine Schwangerschaft, an der jeder hätte sehen können, was sie Unmoralisches getan hatte, die hätte sie nicht durchgestanden. Da blieb sie doch lieber allein.

Rosalinde stand inzwischen, noch immer unbekleidet, vor dem großen Spiegel in ihrem Schlafzimmer und betrachtete sich genau von allen Seiten, betrachtete sich fast mit der gleichen Verachtung, wie ihre Chefin dies zu tun pflegte. Die Haare klebten schweißnaß an ihrem Kopf, um die geröteten Augen lagen tiefe Falten, die dicken Wangen hingen schlaff, mit von Alkohol ausgetrockneter Haut herunter, und um ihren Mund klebte ein Zug von bisher nicht gekanntem Ekel.

Ihren unförmigen Körper mochte sie gar nicht näher ansehen und zog eilig ihren Morgenmantel über. Der Bekannte aus der letzten Nacht war irgendwann am frühen Morgen verschwunden, was sie als wohltuend empfand, denn er würde sich wahrscheinlich vor ihrem Anblick ebenso geekelt haben, wie sie selbst.
Vorsichtig setzte sich Rosalinde auf ihr Bett und fühlte sich hundeelend. Sie begann zu weinen und schluchzte hemmungslos vor sich hin, gelegentlich wischte sie mit dem Handrücken ihre triefende Nase ab, leckte die Tränen von den Lippen und wollte am liebsten sterben – wenn Tante noch lebte, wäre das alles nicht passiert, solche Situationen gäbe es nicht, sie hätte das mit ihrem Kochlöffel schon zu verhindern gewußt.
Irgendwann schleppte Rosalinde sich in ihr Wohnzimmer und nahm das Gewirr von Gläsern und Aschenbechern, zerknautschten Sofakissen und herumliegenden Kleidern kaum wahr.
Jedenfalls blieb sie, die Ordnung so sehr liebte, völlig unbeeindruckt von diesem Chaos.
Was sie jedoch wahrnahm, war eine halbvolle Flasche Cognac, und so, als wäre schon Abend, ließ sie sich noch immer schluchzend in einen Sessel fallen, nahm eines der benutzten Gläser und goß es sich mit zitternden Händen fast voll.
Nachdem sie das Glas in mehreren großen Zügen geleert hatte, nachdem sie die brennend warme Flüssigkeit ihre Kehle hinunterrinnen gefühlt und gemerkt hatte, wie sich Wärme und Gelassenheit in ihr ausbreitete, da lehnte sie sich zurück, legte den Kopf mit halb offenem Mund zur Seite und fühlte sich wohl.
Rosalinde merkte nicht mehr, wie sie vor sich hin brummelte, sie merkte auch nicht, wie ihr Speichel langsam aus einem Mundwinkel floß und auf das Sesselpolster tropfte, und sie merkte auch nicht, wie Urin ihre Schenkel entlang auf das Sitzpolster floß. Rosalinde fühlte sich warm und geborgen, satt und zufrieden, geliebt und umsorgt.
Rosalinde schlief so mehrere Stunden, und als sie aufwachte, nahm sie noch einen kleinen Schluck aus der Fla-

sche und sah sich um. Da erst bemerkte sie die grenzenlose Unordnung in dem Zimmer, bemerkte den Speichelfleck auf dem Lehnenpolster und die Nässe auf dem Sitzpolster. Die Kopfschmerzen waren vergangen. Rosalinde stand auf und bekam eine unbändige Wut.
Ihre Ordnungsliebe, ihre Enttäuschung darüber, daß sie wieder viel zuviel getrunken hatte und nur deshalb dieses Chaos zulassen konnte, brach wie ein Vulkan aus ihr heraus.
Sie fegte mit ihrem massigen Arm mit erstaunlicher Behendigkeit alles, was auf dem Couchtisch stand oder lag, auf den Boden und begann, hemmungslos heulend, mit dem Saum ihres Morgenmantels die Flecken von der polierten Platte, auf der sonst kein Stäubchen lag, zu wischen.
Danach kroch sie auf allen vieren über den Teppich, noch immer heulend und schimpfend sammelte sie Scherben, Flaschen und Kippen auf, trug sie in den Küchenmülleimer und riß, als sie wieder in das Wohnzimmer kam, Fenster und Balkontür weit auf, um den würgenden Gestank nach kaltem Qualm loszuwerden.
So ein Laster wie Rauchen hatte sie sich nie erlaubt, denn davon bekommt man Krebs oder andere schlimme Krankheiten, die einen sehr schnell unter die Erde bringen. Noch eine von Tantes Weisheiten.
Als sie schließlich den Dreck vom Teppich gesaugt und die Flecken mit lauwarmer Lauge abgeschrubbt hatte, als danach auch noch die Kissen auf dem Sofa mit Knick in der Mitte, ordentlich in Reih und Glied standen, hatte Rosalinde keine Tränen mehr und ihre Wut war einer tiefen, bis dahin nie gekannten Scham gewichen.
„Wenn ich das so weitermache, dann wird es hier bald nur noch so aussehen wie eben, und irgendwann wird man mich als stinkenden Haufen aus dieser Müllhalde, die mal meine Wohnung war, in eine Anstalt schaffen", sagte sie laut und überdeutlich, damit sie auch sehr genau ihre Worte hören und verstehen konnte, zu sich selbst.
Danach kam sie sich vor wie jemand, der rechtzeitig zum noch angeschlossenen Bügeleisen ahnungsvoll zurückge-

kommen war und verhindern konnte, daß sein Haus abbrannte.
Fest entschlossen ging Rosalinde in die Küche, nahm aus dem Kühlschrank die letzten Flaschen Bier und Wein, holte die Likör-, Schnaps- und Cognac-Flaschen aus dem Barfach im Wohnzimmer und goß den Inhalt aller Flaschen in den Ausguß.
Danach nahm sie sich ein Blatt und einen leuchtend roten Filzstift und schrieb in großen Buchstaben: „Alkohol trinke ich nie wieder, und so fett bleibe ich auch nicht", klebte den Zettel an die Kühlschranktür und setzte sich erschöpft auf einen Stuhl.

5

Rosalinde hatte ihren Entschluß, nie wieder Alkohol zu trinken, wahr gemacht; im Kampf zunächst gegen diese sanfte alkoholfreundliche Stimme in ihr, die ihr vorgaukelte, mit ein, zwei Gläschen – „mit Genuß, meine liebe Rosalinde" – schade sie sich ganz und gar nicht.
„Sieh doch hin, jeder gönnt sich mal ein Glas – und so ein kühles Bier, meine Liebe, gerade wenn es heiß ist, das ist doch keinem verwehrt." Oder: „Wenn es etwas zu feiern gibt, willst du dann abseits stehen, wieder draußen sein, hast du noch immer nicht genug von diesem Einzelgängerdasein?"
Oder: „Wenn jemand mit dir auf deinen Erfolg anstoßen möchte, kannst du es dir dann wirklich leisten abzulehnen und allein zu bleiben ...?"

Dagegen konnte sie sich noch wehren, einfach nicht hinhören, eine Antwort brauchte sie dieser Stimme sowieso nicht zu geben.
Rosalinde begann, Situationen auszuweichen – zunächst einmal ihren Abendgewohnheiten, was schon nicht so einfach war, wie sie sich das gedacht hatte.
Sie hatte ihre Fernsehabende genossen und mußte jetzt darauf verzichten, denn dann würde sie kaum widerstehen können, nicht doch schnell zu dem nahen Kiosk zu laufen und sich eine – wirklich nur eine – Flasche Bier zu holen und diese langsam und mit Genuß zu trinken, wie ihr das diese freundliche Stimme in ihr vorgaukelte.
Abgesehen davon waren ihre Fernsehabende so pur, ohne viel zu essen und ohne Alkohol, der sie in leichte Träume weg von der Wirklichkeit gleiten ließ, äußerst langweilig. Nachrichten interessierten sie nicht, da wurden doch nur immer die Toten gezählt, die auf der Strecke gebliebenen, und dann wurde zu anderen Themen übergegangen. Das menschliche Elend drückte sich in fürchterlichen Bildern und in sachlichen Zahlen aus und wurde ebenso schnell uninteressant, wie es dauerte, darüber zu berichten.
Was es in der Politik sonst noch gab, das interessierte sie auch nicht, denn dank Tantes Worten hielt sie sich davon fern, auch gedanklich, und von ihrem Wahlrecht machte sie auch keinen Gebrauch, da sie die eine Seite von der anderen nicht unterscheiden konnte – eigentlich auch nicht wollte –, so daß sie sich politische Sendungen ebenfalls nicht ansah. Und wenn sie das gelegentlich tat, dann kam sie sehr schnell zu der Überzeugung, daß es abwechselnd zwei oder auch drei Lager gab, die sich höflich und gegenseitig bescheinigten, daß das andere oder die anderen Lager, jedes für sich, dummes Zeug redete, das sich nicht anzuhören lohnte. Im übrigen, alle sagten eigentlich, daß sie alle das gleiche wollen – nie wieder Krieg und Wohlstand für das Volk –, na also, damit war sie einverstanden, was sollte sie dann noch wählen gehen.
Die Art der Filme, die sie sich schon mit Tante angesehen hatte, kamen ihr schal und leer, wenn nicht sogar dumm

vor – da gab es immer nur Reiche, die unzufrieden waren, und wenn der Film von armen Leuten handelte, dann waren das ganz arme Schweine, die aber sehr edel waren, so daß es sogar gut war, daß sie nicht noch dazu reich waren, denn das wäre schon nicht mehr zu ertragen gewesen, wo man sich selbst schon vor soviel Edelmut schämen mußte. Da diese Filme sehr ernst und nicht als Satire gemeint waren, mochte sich Rosalinde diese Dramen der Reichen, der Armen, der Pfarrers und der Ärzte auch nicht mehr ansehen, abgesehen davon wußte sie so ganz nüchtern im voraus, daß, egal wie so ein Drama anfing und wie trübe das aussah, immer und stets sich das Gute durchsetzen würde, und im übrigen würde noch immer jeder Mörder gefangen werden.
Andererseits, sich abends zu Hause mit etwas anderem zu beschäftigen, gelang ihr nicht, denn dazu war sie zu nervös und unruhig – selbst Lesen half da nicht.
Sie begann deshalb, wenn sie aus dem Geschäft kam, lange Spaziergänge am Fluß zu unternehmen, dort, wo sie immer die Jogger bewundert hatte. Sie ging dann, soweit das ihr Gewicht zuließ, für ihre Verhältnisse sehr rasch und vor allem lange am Fluß entlang, und manchmal, wenn sie schneller müde wurde als erhofft, dann setzte sie sich auf eine der Bänke etwas abseits und weinte still vor sich hin, was nicht weiter auffiel, denn daß sich Dicke immer wieder den Schweiß vom Gesicht wischen, das ist oft zu sehen, und wer unterscheidet schon die Tränen.
Unzufrieden mit sich selbst und meistens in elender Trauerstimmung schlich sie abends in ihr Bett und schlief dann, vermutlich auf Grund der ungewohnten zusätzlichen Bewegung, irgendwann doch ein, um am anderen Morgen im Bad entsetzt in ihre angeschwollenen, rotgeränderten Augen zu starren. Zum Frühstück nahm sie Knäckebrot mit etwas Käse und ein Joghurt und für ihre Augen einen nassen Waschlappen – so sah sie nicht, was sie aß und was ihr nicht schmeckte, und ihre Augen waren, bis sie gehen mußte, wieder klar.
Es war ein schöner, trockener Sommer, viel zu trocken für die Felder und Wälder, aber richtig für Rosalinde, der diese

milden, trockenen Abende keine Gelegenheit ließen, sich wegen schlechten Wetters vor ihren Spaziergängen doch zu drücken, denn Gewohnheit waren sie noch nicht geworden. Jeden Abend mußte sie sich fast mit Gewalt dazu zwingen, das sich selbst diktierte Programm zu absolvieren und mußte sich daran hindern, nicht einfach nach Hause zu fahren, sich im Bett die Decke über den Kopf zu ziehen und sich in den Schlaf zu weinen; sie durfte gar nicht daran denken, wie schön sich in einem Rausch alles vergessen ließ. Plötzlich standen ihr diese schönen Fernsehabende vor Augen mit all den Filmen, deren Kitsch oder Oberflächlichkeit im Biernebel tanzte, sie brauchte einfach nur zuzugreifen und: „Liebe Rosalinde, wem bist du schon verantwortlich, wer kann dich zwingen, wer kann dich hindern, wer kann dir Vorwürfe machen", säuselte diese freundliche Stimme in ihr, die noch immer nicht aufgegeben hatte – jedenfalls nicht von Zeit zu Zeit.
Aber Tantes Disziplinübungen mit Rosalinde waren stärker. Sie stieg in ihr Auto und fuhr in Richtung Fluß.
Vorbei an Plakatwänden, auf denen übergroß ein schön gefülltes Glas Bier prangte. „Siehst du, meine Liebe, es ist doch nichts dabei, was soll eine Schande sein oder schaden, wo doch so freundlich dazu eingeladen wird."
Vorbei an Plakatwänden mit einer neuen Biersorte, da konnte man das Doppelte oder ein Drittel mehr trinken als sonst und war erst dann so richtig besoffen, wie schön.
Vorbei an Plakatwänden, auf denen schlanke, gebräunte junge Menschen sich unbändig über ein schäumendes Glas Sekt freuten – auch sehr nett, diese jungen Leute, die so gar nicht nach Null-Bock aussahen, wenigstens hatten sie Lust auf Sekt.
Dazwischen aber immerhin, wenn auch verschämt, ab und an ein Plakat auf welchem für Mineralwasser geworben wurde – da tanzte keiner jung, schlank, freudig, überschäumend vor Lebenslust herum. Das war eine Werbung, für die man seriöse alte Omis brauchte, die den Eindruck erweckten: aha, das Beste haben sie schon hinter sich, das ist etwas für Leute, die bei der Hitze nicht nur alt, sondern auch noch krank sind.

Und wieder vorbei an einem Riesenplakat, wo sich einer oder eine darüber freute, ein Glas Likör trinken zu können und dabei vorsichtshalber die ganze Flasche schon in der Hand behielt, daneben ein Plakat für ein Kopfschmerzmittel für gestreßte Frauen im Beruf, die noch dazu ihre Tage haben, oder für Männer, die gestern wieder einmal so richtig einen draufgemacht haben, oder für alle beide.
Wie wohltuend und fast anheimelnd waren da doch die Werbungen für Waschmittel – da verlangt wenigstens keiner, daß man sie trinkt, sie sorgen nur dafür, daß alles schön sauber bleibt.
Manchmal, da griff Rosalinde bei ihren Fahrten vorbei an allen Versuchungen zur Sicherheit nach ihrer Flasche mit kaltem, ungesüßtem Tee, um sich zu vergewissern, daß diese intensiven Hinweise auf die Schönheit des Lebens – wie so ein kühles Bier schmeckt, das hatte sie inzwischen auf der Zunge – ihren Tee nicht heimlich in Bier verwandelt hatte und zündete sich eine Zigarette an. Sie hatte begonnen, mäßig zu rauchen, irgendwann, als eine Kollegin ihr in der Pause für die flattrigen Hände zur Beruhigung eine Zigarette anbot und Rosalinde in Gedanken und der Hoffnung, daß es wirklich beruhigte, zugegriffen hatte. Es beruhigte, zumindest die flattrige Hand, die nun die Zigarette hielt.
Wenn sie endlich ihren Wagen geparkt hatte, dann genoß sie eine kurze Weile die etwas weniger heiße Luft, die auch viel frischer roch, und zog sich ihre Tennisschuhe an, wobei sie noch manches Mal vor sich hin lachte.
Ihr fiel dabei das Schuhgeschäft ein, in welchem sie nach Tennisschuhen gefragt hatte. Denn bis dahin war sie in ihren normalen Schuhen, die ihr im Geschäft gute Dienste taten, gelaufen, und da war es schließlich vorgekommen, daß sie nach wenigen hundert Metern auf einer Bank schnaufend sitzend, die Schuhe von ihren Füßen zog, welche kurz danach zu doppelter Größe anschwollen und sich nicht mehr in die Schuhe zurückzwängen lassen wollten, so daß Rosalinde den Rückweg auf Strümpfen antreten mußte.

Bei einer dieser mühseligen Gelegenheiten waren ihr die großen Tennisspiele, welche sie im Fernsehen verfolgt hatte, in den Sinn gekommen. Nicht, daß sie je Begeisterung für diesen Sport oder überhaupt irgendeine Sportart hegte, diese Arten von Beschäftigung verbot schon von vornherein ihr massives Gewicht, welches sie eher von einer Sitzgelegenheit zur nächsten gezogen hatte.
Nein, die Tennisspiele hatte sie verfolgt, weil sie diese jungen Leute bewunderte, die mit offenbar nie zu erschöpfender Kraft, verschwitzt und schnell auf den Beinen, in der Lage waren, hin- und herzurennen, auf der Jagd nach dem kleinen Ball und dem großen Geld.
So dachte sich Rosalinde, daß die Sorte von Schuhen, welche diese jungen Leute trugen, sicher sehr bequem zum Laufen sein mußten und beschloß, sich ein solches Paar zu kaufen.
Den mitleidigen Blick der Verkäuferin, der auf Rosalinde klebengeblieben war, als sie nach einem Paar Tennisschuhe fragte, noch fast ganz im Vollbesitz ihres allzu deutlichen Übergewichtes, würde sie wahrscheinlich ihr Leben lang nicht vergessen. Es war nicht nur zu sehen, sondern Rosalinde konnte es körperlich förmlich spüren, wie die Verkäuferin versuchte, sich vorzustellen, wie es wohl aussehen mag, wenn Rosalinde hinter einem der kleinen Bälle herwalzt.
Zunächst wäre sie vor Scham beinah wieder aus dem Geschäft gelaufen, aber auch hier half ihr die bei Tante jahrelang dort eingeübte Disziplin.
„Kämpfe, du dumme Gans, laß dein Ziel nicht aus den Augen und laß dich nicht beirren", sagte sie tonlos zu sich selbst – und als die Verkäuferin wegen Rosalindes Lippenbewegungen ein: „Wie bitte?" fragte, sagte Rosalinde schnell, die Schuhe seien für ihren Ehemann, der leider nicht selbst kommen könne, da er geschäftlich unterwegs sei, aber die Schuhe brauche, wenn er zurückkomme. Es gelang ihr sogar, mit einem kleinen, spöttischen Lächeln hinzuzufügen: „Für mich wäre das wohl etwas unpassend."
Die Verkäuferin lächelte erleichtert, denn jetzt stimmte ihr Weltbild. Sie betrachtete vielmehr Rosalinde fast liebevoll

bei dem Gedanken, was sie doch für ein außergewöhnlicher Mensch sein müsse, einen sportlichen und sicherlich auch schlanken Ehemann zu haben, der diese dicke Frau, die in seine Schuhe paßte, liebte. Und wenig später zog Rosalinde mit einem sehr schönen, fußgerechten und sprunggelenkschonenden Paar Tennisschuhe für ihren „Herrn Gemahl" davon.

Jetzt konnte Rosalinde darüber lachen, wenn sie die Tennisschuhe für den Herrn Gemahl anzog und nach einiger Zeit feststellte, daß sie ihr erst unmerklich und dann immer spürbarer zu groß wurden.

Die nächsten werde ich dann wohl für mich kaufen dürfen, dachte sie mit etwas Stolz bei sich.

Es war nicht etwa so, daß Rosalinde nicht aufgefallen wäre, daß sie sich regelrecht gezwungen fühlte, zu einer Lüge zu greifen, daß sie keine Chance gesehen hatte, der Verkäuferin zu sagen, sie, Rosalinde wolle selbst damit möglichst weit laufen und was dagegen einzuwenden wäre, aber Rosalinde hatte im Laufe ihrer fast vierzig Jahre Dicksein gelernt, daß es besser, auf jeden Fall aber bequemer ist auszuweichen, und dieser Mechanismus funktionierte noch immer.

Nachdem sie sich ihre Tennisschuhe angezogen hatte, setzte sie sich die erste Zeit eine Weile auf eine der einladenden Bänke und sah den Joggern zu, in der Hoffnung, daß sie von diesem Anblick inspiriert würde, gegen ihre Trägheit anzukämpfen, welche immer noch verstärkt wurde durch einen langen Arbeitstag ...

Ausreden gab es jedenfalls viele, um auf der Bank sitzen zu bleiben und diesen jungen, schlanken Leuten zuzusehen, die sich mit Hilfe ihrer intensiven Bewegung einen Ausgleich wozu auch immer schafften.

Dann endlich ging Rosalinde mit einem Seufzer wie vor einer nicht lösbaren Aufgabe los. Erst ganz gemächlich und dann so schnell, wie sie konnte, ohne befürchten zu müssen, röchelnd umzufallen – was für andere noch immer nach einem geruhsamen Abendspaziergang aussah.

An laufen, das heißt schnell laufen war auch nicht zu denken, abgesehen davon war Rosalinde schon froh, ihre Trägheit überwunden zu haben und träumte in einem Anflug von Übermut davon, eines hoffentlich nicht allzu fernen Tages auch schlank, vielleicht mit Walkman-Steckern im Ohr, leichtfüßig am Fluß entlanglaufen zu können. Aber sie wußte genau, daß sie noch lange, jeden Tag wieder, gegen ihren Unwillen würde ankämpfen müssen.
Nur eines fiel ihr von Tag zu Tag leichter: sie genoß den kalten Tee und konnte sich nach der Anstrengung ein kühles Bier bald nicht mehr vorstellen.
Rosalinde, die sich sehr genau und kritisch, so wie Tante es getan hatte, beobachtete, merkte sich diesen Schritt nach vorn und hoffte, daß das am nächsten Tag nicht anders sein würde.
Rosalindes Zufluchtsfluß war eigentlich kein richtiger Fluß, sondern eher ein zu breit geratener Bach, und im Sommer, wenn die Uferböschung hochgewachsen war, dann sah man ihn kaum, und so war er, vermutlich, weil er nicht majestätisch genug dahinfloß, auch lange Zeit in Vergessenheit geraten. Als aber dann in der Stadt immer weniger Bäume, dafür aber immer breiter werdende Straßen und immer zahlreicher vorhandene Autos den Menschen die Luft und Lust zum Leben verringerten, da kamen die Planer zurück auf den Fluß, der inzwischen in Wildwuchs eingebettet war. Irgend jemand erinnerte sich auch noch daran, daß es neben dem Fluß entlang einen breiten Weg gegeben haben müsse, da dies die Straße der Postkutschen gewesen war, um rechtzeitig vor Anbruch der Dunkelheit, das bald schließende Stadttor zu erreichen. Und dieser Jemand setzte sich mit verbissener Zähigkeit durch, gegen mit gierig glänzenden Augen vorgetragene Pläne, aus diesem Landstrich einen Vergnügungspark zu machen – man denke nur an die Gewinne, die Gewerbesteuer, die Arbeitsplätze und daran, wie doch die Stadt auch für auswärtige Besucher an Attraktivität gewinnen würde. Den Fluß könne man ja umleiten, dann zuschütten und eine künstliche Wildwasserbahn ein Stück daneben anlegen

und auf der Fläche des ehemaligen Flusses die benötigten Parkplätze bauen.
Leider oder Gott sei Dank hatte die Stadt kein Geld, und ein privater Interessent fand sich nicht. So wurde nur durchgeforstet und teilweise ein Park gestaltet, denn so wie die Natur das angelegt hatte, konnte es natürlich nicht bleiben – wo kämen wir denn da hin.
Danach wurde mit viel Stolz der genervten Bevölkerung diese gut gelungene Naherholungsmöglichkeit angeboten und von ihr sehr dankbar angenommen, und so mancher der dafür Verantwortlichen hoffte im geheimen, daß sich viele anläßlich der nächsten Wahl noch an diese Wohltat erinnern mögen.
Rosalinde war froh – wie viele andere –, hier eine Möglichkeit gefunden zu haben, um sich selbst ausweichen zu können, denn das, was sie nun von sich und ihrem Körper verlangte, war eine Umwälzung bis hinein in das Innerste ihres Selbst.
Jeden Abend, wenn sie das Geschäft verließ, mußte sie sich zwingen, nicht sofort nach Hause zu fahren, sondern an den Fluß, den sie haßte und gelegentlich auch liebte. Trotz der bequemen Tennisschuhe bekam sie Blasen an den Füßen, wenn sie keine Blasen bekam, dann brannten ihre Füße von der ungewohnten Anstrengung, und wenn auch das sie nicht quälte, dann taten ihr die Waden weh, und wenn die Rosalinde in Ruhe ließen, dann merkte sie, wie ihr Rücken schmerzen konnte, und wenn auch ihr Rücken sich nicht empört meldete, dann überkam Rosalinde ein Zustand grenzenloser Mutlosigkeit. Dann legte sie sich ins Bett und weinte, denn all das, was sie tat und was sie sich vorgenommen hatte, erschien ihr unendlich sinnlos und eigentlich auch überflüssig. Denn sie lebte nur für sich allein, und es war da niemand, der sie anspornte, der sie liebte, für den es sich auch lohnte zu leben. Es gab niemanden, der ihr gelegentlich sagte: „Es ist gut, daß du auf der Welt bist."
Das konnte sie sich nur selbst sagen, aber es nützte nichts und änderte auch nichts an der Sinnlosigkeit, und Rosalinde war in diesen Zuständen oft nahe daran, ihre Mut-

losigkeit, ihre unglaubliche Müdigkeit vor sich, vor ihren Anstrengungen und vor dem Leben mit einem – mindestens einem – Cognac zu lindern.
Denn es kam ja nicht darauf an, ob sie nun dick oder betrunken war, das Leben nur für sich selbst gelebt war für sie ein unwichtiger Faktor.
Sie begann sich gerade in solchen Momenten nach dem Sinn ihres Lebens zu fragen und konnte etwas Überzeugendes nicht finden.
Der Sinn meines Lebens: geboren, um bei Tante aufzuwachsen, als Sinn ihres Lebens; jahrzehntelang viel zu dick und fett und gute Zielscheibe für Spießer und Spötter, als Sinn deren Lebens, denn dieser Teil der Menschheit hatte beschlossen, daß alle schlank zu sein haben und keiner übermäßig fressen dürfe. Also muß es der Sinn meines Lebens sein, schlank zu werden. Warum eigentlich, denen kann es doch egal sein, ob ich fett und abends, wenn es keiner sieht, betrunken bin. Am wichtigsten ist doch immer noch, daß ich funktioniere, daß ich niemandem zur Last falle, genug verdiene, um mich selbst zu unterhalten und genug Steuern zahlen kann, die dann größtenteils für Dinge ausgegeben werden, die ich gar nicht will, nach denen ich aber auch nicht gefragt werde. Was ist Freiheit, meine Freiheit? Nein, nicht die Abwesenheit von Zwängen, so wie Frieden nicht die Abwesenheit von Krieg ist, denn so werden die Zwänge immer anwesend sein. Was ist Freiheit, meine Freiheit? Mich einfügen in das, was man – wer ist das eigentlich? – von mir erwartet und was ich eigentlich nicht will, aber doch mache oder lasse oder beides, um Frieden zu haben. Ja Frieden. Freiheit ist das nicht. Was ist Freiheit, meine Freiheit? Wahrscheinlich nichts weiter als ein gültiger Paß, und das ist, genau bei Licht besehen schon sehr viel und eigentlich alles, was wir uns gegenseitig grenzenlos gestatten können.
Weil ihrem Körper der Alkohol fehlte, hatte Rosalinde sehr schnell sehr viel an Gewicht verloren, zumal sie wegen ihrer Laufabende oft auch noch das Abendessen ausfallen ließ. So war sie bald bei der Kleidergröße sechsundvierzig angekommen, was ihre Kolleginnen zu der Vermutung

veranlaßte, Rosalinde wolle sich auf ihre alten Tage noch einen Mann angeln, wie ziemlich hämisch hinter ihrem Rücken getuschelt wurde. Denn als Rosalinde fett genug gewesen war, um für ihre Kolleginnen außer Konkurrenz zu laufen, da wurde sie auch nie zur Zielscheibe von Gerede, denn dick war sie schon immer, das war kein Grund mehr, sich darüber zu unterhalten. Aber jetzt, da veränderte sich etwas bei Rosalinde radikal. Abgesehen davon, daß sie viel schlanker wurde, als man dies bei ihren Massen hätte vermuten können, da wuchsen bei dem Verschwinden der Speckpolster im Gesicht aus den vorher kaum erkennbaren Schlitzen zwei wunderschöne große, braune, fast schwarze Augen, und die Mundpartie, welche vorher mit einem erstaunlichen Doppelkinn gekrönt war, zeigte ein schlank geformtes Kinn und Lippen, die eigentlich der Traum eines jeden Modefotografen sein sollten. Das alles ging einfach zu weit, denn Rosalinde hatte durch ihr Abnehmen sich in die Reihe derer eingereiht, die ernstzunehmende Konkurrenz darstellten, und das war ein reichlich unverschämter Affront!
Es ging nicht darum, daß etwa nicht genug Männer vorhanden wären für alle, es ging vielmehr darum, daß Frauen nicht in der Lage sind, andere Frauen um sich zu dulden, wenn sie nicht nach ihrem Äußeren und nach dem was sie sagen, im Schatten der demütigen Unscheinbarkeit verschwinden und dort auch bleiben. Die Solidarität der Frauen klappt so lange, wie jede das gleiche Stück Torte auf dem Teller hat, keinen Augenblick länger.
Nein, Unterstützung hatte Rosalinde keine. Die Monate im Winter verbrachte Rosalinde neben den Spaziergängen, die jetzt schon mehr einem Laufen ähnelten, damit, sich über Ernährung zu informieren, denn als Ziel hatte sie sich eine durchschnittliche Kleidergröße vorgestellt, die sie auf jeden Fall erreichen wollte.
Endlich wollte sie nicht mehr Kleider für die sogenannte vollschlanke Dame tragen – ein Stil mit vorgegaukelten angeblich schlankmachenden Wiener-Nähten, mit Streifen von oben nach unten, schmal und dezent oder mit Mustern von düsterer Einfallslosigkeit, alles da für den

Selbstbetrug, der ihr eingezwängt in ein ebenfalls formendes Korsett zusätzlich immer noch die Luft zum Atmen nahm. Wie sie diese Vollschlanke-Dame-Modelle, welche sie seit ihrem sechzehnten Lebensjahr tragen mußte und die ihr jedes Gefühl dafür, daß sie wirklich lebte, abschnürten, haßte!

Jetzt wollte sie endlich auch in die große Vielfalt der Bekleidungsmöglichkeiten greifen können – sie wollte sich verkleiden, je nach Anlaß oder Laune, und ihrer Stimmung Ausdruck geben, was sich bisher auf die Auswahl zwischen langweiligen Streifen und einschläfernd gedeckten Blüten beschränkt hatte.

Die Ernährung war für Rosalinde ein besonderes Problem, denn von Tante hatte sie darüber nichts gehört und abgesehen davon, hatte sich Rosalinde für solche Fragen nie interessiert. Wichtig war für sie gewesen, daß es schmeckte – süß nach süß und salzig nach salzig – und vor allem den Magen füllte.

Da Rosalinde allerdings auch nicht wußte, wo sie sich hätte informieren sollen, ohne ihre Scheu überwinden zu müssen, fremde Leute zu fragen, begann sie noch ein Mal, ein letztes, auf das Fernsehen zurückzugreifen, denn in den Werbesendungen war nach ihrer Erinnerung doch oft von vielen gesunden Dingen die Rede. Dingen, die zum besseren Wohlbefinden, zur Herz- und Magenschonung angepriesen wurden.

Voller Hoffnung verzichtete sie für einen Abend auf ihren Lauf am Fluß und setzte sich vor den Fernseher, eine Kanne heißen Tees neben sich.

Aber was gab es da schon – mittelalterlich gekleidete Ritter gaben ihren zugegeben schönen Pferden in einer unberührten, heilen Landschaft, sanft hügelig bewaldet, die Sporen, um als Lohn am Ende dieses Rittes über ein Glas frisch gezapftes Pils in einen Glückstaumel zu geraten, und der Sprecher mit moderater Stimme erläuterte die Vorzüge dieses beglückenden Getränks.

Rosalinde, weit davon entfernt, ein biertrinkender mittelalterlich-moderner Ritter werden zu wollen, der die Krö-

nung seines Daseins in der Schaumkrone eines gefüllten Glases fand, hoffte auf den nächsten Beitrag.
Auf einem See, eingebettet auch wieder in sanfte Hügel, dümpelte ein Kahn dahin, um den leichte Nebelschwaden waberten, und darin saß ein Mann, der mit ernsten Worten, die Kaffeetasse in der Hand und einem sehr nachdenklichen Blick im Auge darüber philosophierte, daß Schonkaffee am besten gegen den Streß des Alltags sei. Er hob die Tasse, trank sichtlich erleichtert und hatte auch gleich eine ganze Packung dieses Mittels dabei. Mehr hatte er wohl nicht mitgenommen, obwohl er doch in einsamer Natur herumdümpelte und sonst kein Mensch weit und breit zu sehen war – man ahnte wohl aber die aufkommende Abendkühle, und der arme Mensch hätte sich besser statt einer Packung Kaffee eine warme Mütze einpacken sollen.
Als nächstes patschte ein einsames Kind bei Regen – verloren und verlassen – in Gummistiefeln durch Großstadtpfützen, dessen Seelenheil einleuchtend nur mit Liebe gerettet werden konnte, wobei sich diese Liebe schnell und bequem mit Geld beschaffen ließ: Vitaminbonbons, die Packung für eins zwanzig, billiger läßt sich an Liebe nun wirklich nicht herankommen, es sei denn als Sonderangebot im Dreierpack.
Und danach machte das ganze Land erst einmal Pause und schob sich einen süßen Riegel zwischen die plombierten Zähne – welch eine Freude, diese Harmonie.
Eine ältere Dame erklärte Rosalinde noch, welches Mittel sie gegen Vergeßlichkeit kaufen müsse, was Rosalinde als sehr fürsorglich empfand, und sie hoffte, daß sie das nicht vergessen würde, bis sie in das Alter der Vergeßlichkeit gekommen war.
Und schließlich, nach der Darstellung, daß das Leben und Wohlgefühl eines Menschen von dem Duft der reinsauberen Wäsche abhänge – ein Wohlgefühl, das glückliche Menschen dann veranlaßt, die Waschmittelpakete stets bei sich zu tragen, schaltete Rosalinde enttäuscht aus.

Denn daß der Weg zu weniger Gewicht nicht mit Süßigkeiten und Schonkaffee gepflastert ist, hatte sie schon vorher begriffen.
Irgendwann sagte ihr eine Kollegin, die ihr auch eine Kalorientabelle schenkte und staunte, daß Rosalinde den Umgang damit erst erlernen mußte: „Iß Gemüse und Salat und Obst, trink den Kaffee schwarz, ab und zu ein Stück Huhn oder Fisch und ein wenig Vollkornbrot, Vollkornreis oder eine große gedünstete Kartoffel."
Das war für Rosalinde eine neue Aufgabe, mit der sie sich intensiv beschäftigte, und nach einigen Fehlschlägen kam sie damit sehr gut zurecht – ihr Gewicht sank weiter.
Die Wochenenden, wenn sie nicht gerade damit beschäftigt war, sich müde zu laufen – noch immer in der Sorge, daß Langeweile in ihr die alkoholfreundliche Stimme hochkommen lassen würde –, verbrachte sie damit, ihre Wohnung zu putzen oder besser gesagt, darin putzenderweise zu wüten, bis sie eines Tages feststellte, daß sie immer nervöser und vor allem deprimierter wurde.
Nach einem ihrer Putzwutanfälle sah sie sich in ihrer Wohnung um und stellte fest, daß sie viel zu vollgestellt war mit Tantes Möbeln, und so wie Tante hatte sie die Wände mit viel zu geblümten, viel zu dunklen Tapeten zugehängt, und Tantes voluminöse Raffgardinen sperrten viel zuviel Licht aus – auf die Aussicht konnte sie verzichten. Es liegt an der Wohnung, dachte sich Rosalinde, sie ist mir zu eng und zu dunkel.
Rosalinde, die immer sehr sparsam gelebt hatte, leistete sich mit einem Teil ihrer Ersparnisse nicht nur einen Maler, der kopfschüttelnd die guten Tapeten von der Wand kratzte und alle Wände weiß streichen mußte, sie leistete sich auch zu einem Teil neue Möbel und trennte sich vom überwiegenden Möbelvorrat aus Tantes Nachlaß.
Als nach Wochen der Malerarbeiten, nach langem Suchen von schlichten Möbelstücken, die klein genug waren, den beiden Zimmern so etwas wie Weite zu lassen, die Wohnung völlig anders aussah und kaum noch an die vorherige erinnerte, so als wäre Rosalinde umgezogen, war sie sehr zufrieden.

Ihr Wohnzimmer wirkte hell und sehr viel größer, denn das Fenster und die Balkontür waren von Tantes Raffgardinen befreit, die auf biedermeierlich gearbeitete Sitzgarnitur hatte Rosalinde ersetzt durch eine schlichte Liege an der Wand mit einer Reihe großer Kissen, den Relax-Sessel hatte sie in den Keller verbannt, dafür gab es nun einen bequemen Schaukelstuhl aus weißem Korbgeflecht, es gab weiße Bücherregale, und an einer Wand stand ganz allein ein schöner, alter Schrank aus Tantes Nachlaß – überhaupt das einzige Stück, welches noch an Tantes Wohnung und Rosalindes Kindheit erinnerte.

Im Schlafzimmer hatte nur ein alter Kleiderschrank die Neuerungen überstanden, der zusammen mit einer etwas breiteren Liege unter dem Fenster, einem Tisch mit Lampe daneben und einer Kommode das Zimmer möblierte – auch dieser Raum wirkte viel größer, als er in Wirklichkeit war.

Den Flur hatte Rosalinde ebenfalls weiß streichen lassen, ein weißer Bodenbelag war verlegt worden, so daß dieser schmale, triste Eingangsbereich jetzt weit und hell und noch viel größer wirkte – auch durch einen, die eine Stirnwand ausfüllenden Spiegel. Am anderen Ende stand ein schwarzlackierter Schrank vom Trödel, der ihre Mäntel, Handtaschen und Schals sowie Handschuhe aufnahm, und eine chinesische Bodenvase beherbergte ihre Schirme. An den Wänden hingen hinter Glas ohne Rahmen zwei Plakate – die Ankündigung eines Ballettabends und eines über die Ausstellung von Nolde-Bildern.

Das alles war etwas ganz anderes, als die muffig biedere Heimeligkeit, diese Gemütlichkeit, in der Rosalinde Jahrzehnte gelebt hatte. Aber es entsprach ihrem jetzigen Lebensgefühl von Weite – Weite, wie sie die bei ihren Läufen am Fluß empfand. Ein Gefühl von körperlicher Bewegungsfreiheit, welche durch schlichte Räume und wenig im Weg stehende Dinge noch unterstrichen wurde. Sie brauchte keine bauchigen Möbel um sich herum, deren Schnörkel milde Verzierungen auf ihrem Gemüt bewirken und ihr ein Gefühl von dem vermitteln sollten, was Gemütlichkeit genannt wird und Enge ausdrückt.

Sie brauchte auch keine mächtige Couchgarnitur – altdeutsch und wuchtig als Reminiszenz an die streitsüchtigen, mächtigen Vorfahren mit schweren Polstern, in denen sie sich versinken lassen konnte wie zu einem Rückzug in die sichere Trutzburg.
Die Liege mit der handgewebten, strapazierfähigen Decke und den großen Kissen in vielen abgestuften, matten Rottönen, die sie sich beliebig in der Anzahl in den Rücken stopfen konnte, bis sie die bequemste Leselage gefunden hatte, war breit genug, um neben sich Bücher oder Zeitungen zu stapeln und notfalls auch eine Kaffeetasse abzustellen. Sie konnte eine ausgebreitete Zeitung liegenlassen und nach dem Duschen am Sonntagmorgen, eingewickelt in ihren Bademantel und eine Wolldecke, noch einmal schlafen.
Alles war für sie, Rosalinde, da, zum Gebrauch für ihre Bedürfnisse – nichts war Selbstzweck nur zum Ansehen oder Angeben –, alles war da, um darin und damit zu leben.

6

Rosalinde hatte alles erreicht, was sie sich an diesem schrecklichen vergangenen Sonntag nur vage auszumalen getraut hatte, und sie fühlte sich wohl und konnte zufrieden sein. Die Friseuse hatte sie zudem damit überrascht, daß sie ihr zu ihrem schmalen – wer hatte das jemals zu ihr gesagt – Gesicht eine neue Frisur vorschlug. Nicht mehr diese biederen Dauerwellenlocken aus der Stirn, sondern halblang, ganz wenig gelockt und etwas zerzaust, das alles wurde zudem durch einen in ebenfalls

mäßige Unordnung geratenen Pony ergänzt, der ihre Augen noch größer erscheinen ließ.
Abgesehen davon, daß sich Rosalinde damit sehr viel besser gefiel, ersparte diese Art von Nicht-Frisur ihr die langen Sitzungen unter der Trockenhaube – die Folterungen, welche mit trockengespannter Kopfhaut und Ohren kurz vor dem Siedepunkt jeweils ihren Abschluß gefunden hatten.
Dennoch wich diese Euphorie über ihre Erfolge nach und nach einer undefinierbaren Niedergeschlagenheit – einer Stimmung, die den Kopf leer werden ließ, die sie einhüllte und zusammenpreßte, die ihre Hände zittern ließ, die sie oft ohne erkennbaren Grund weinen ließ mit einem Ausdruck unendlicher Hoffnungslosigkeit.
Irgendwann, nach einigen mehr oder weniger schlaflosen Nächten, als Rosalinde sich einem Zusammenbruch nahe fühlte – als sie nicht mehr zu sagen gewußt hätte, ob die Müdigkeit oder ein schwacher Kreislauf oder ihre innere Unruhe ihren Gang müde und unsicher werden ließ –, da beschloß sie, den ein paar Häuserblocks weiter praktizierenden Arzt aufzusuchen, der ihr vor über zwei Jahren eine schlimme Erkältung mit wahren Wunderspritzen schnell beseitigt hatte, zumindest soweit, daß sie weiterarbeiten konnte.
Der Arzt erkannte sie nicht wieder, was Rosalinde gemessen an dem übervollen Wartezimmer und der Tatsache, daß sie keine Dauerpatientin war, auch nicht erwartet hatte.
Aber immerhin las er aus seinen Aufzeichnungen von damals die Bemerkung „Fettleibigkeit". Im Zusammenhang mit Rosalindes Schilderungen ihrer Nervosität, Schlaflosigkeit und Traurigkeit fragte er sie erstaunt, ob sie im letzten Jahr etwa sehr krank gewesen sei, denn sie habe in dem Zeitraum seit ihrem letzten Besuch bei ihm schier unvorstellbar abgenommen, einen derart riesigen Sprung gemacht von dick zu fast dünn, daß dies aus ärztlicher Sicht als beunruhigend anzusehen sei, und er fragte, ob sie sich gelegentlich mal habe durchchecken lassen.
Rosalinde war zunächst ratlos, denn auf diese Fragen war sie nicht vorbereitet.

Und was hätte sie auch sagen sollen? Hätte sie sagen sollen: „Ich habe abends immer viel zuviel Alkohol getrunken und immer viel zuviel gegessen. Schon morgens bekämpfte ich den Kater mit Aspirin und vier Spiegeleiern auf Speck, in der Vormittagspause aß ich schnell drei heiße Buletten mit Brötchen, mittags aß ich als Vorspeise Spaghetti Bolognese und danach ein Jägerschnitzel mit Pommes frites und am Abend jede Menge Wurstbrote. Dazwischen ein bis zwei Tafeln Schokolade, Samstag und Sonntag trug ich immer mindestens drei Tortenstücke für meinen Nachmittagskaffee nach Hause.
Und wenn ich das alles gegessen hatte, dann entlastete ich meinen Magen mit zwei, drei Cognacs oder Schnaps.
Bewegt habe ich mich vom Auto zum Geschäft, vom Auto in das Haus, in dem ich wohne, vom Kühlschrank zum Fernsehsessel und irgendwann ins Bett.
Das alles habe ich an dem fürchterlichsten Sonntag meines Lebens, an dem ich vormittags noch so besoffen war, daß ich gar nicht merkte, wie ich auf meinen damals noch sehr geliebten Sessel pinkelte, aufgegeben.
Ich habe mich durchgebissen, bin vor dem Alkohol und dem vielen Essen im wahrsten Sinn des Wortes davongerannt – und jetzt bin ich am Ziel, aber auch am Ende meiner Kräfte angekommen.
Meine Seele will nicht mehr – ich habe ihr wohl zuviel und das auch noch zu schnell zugemutet. Es mußte sein – aber jetzt kann ich allein nicht mehr weiter, und zurück will ich auch nicht."
Sollte sie ihm *das* sagen?
Das konnte sie ihm nicht sagen, auch nicht in anderen, vielleicht schöneren Worten, denn dafür gibt es keine schöneren Worte.
Abgesehen davon, daß er ihr nicht den Eindruck machte, genügend Zeit zu haben, auch den langen Pausen auf der Suche nach Worten zuzuhören und genügend Zeit für eine lange, ausführliche Antwort zu finden – was hätte er von ihr denken sollen.

Er hätte sie verachtet, für das, was gewesen war, und seine Bewunderung für ihre Leistung danach, wäre in knappen Worten, gespickt mit Zweifeln untergegangen.
Also erfand sie schnell ein paar Sorgen – das klingt immer gut –, Sorgen, die von außen auf einen zukommen, einen überrennen, beladen und erdrücken – dafür hat jeder Verständnis, wenn das Schicksal zuschlägt.
Sorgen, Tante war gestorben, wann, war ihm egal, aber er verstand diese umwälzende Neuerung in ihrem Leben, sah das Loch, welches der Tod gerissen hatte, wobei hinzukam, daß Rosalinde nun ganz allein war, was das Loch in ihrem Leben noch fast unermeßlich vergrößerte und sie daher kaum noch essen konnte. Es schmeckte ja auch nicht – so allein, was durchaus jedem einleuchtet, dieses Ein-Löffel-für-Mama-Papa-Tante-Onkel-Essen wollte nicht klappen, wenn niemand mehr dawar.
Dazu ihre Arbeit in einem Modegeschäft – diese Branche ist eben sehr hart und verlangt ständig neuen Einsatz –, auch das leuchtete ein.
Ja, die harte und leistungsorientierte Wirtschaft macht die Menschen langsam kaputt, und eine Arbeitslosigkeit reißt noch einmal ein Riesenloch. Rosalinde habe von all dem wohl einen nervösen Magen bekommen und deshalb nicht gut essen können – jetzt ginge das wieder, aber sie habe keine Nerven mehr.
Was sie jetzt brauche, sei ein Mittel gegen die Löcher, die das Leben in die Seele reißt.
Und der Arzt saß da im Bewußtsein, daß aus dem übervollen Wartezimmer an diesem wie an anderen Tagen noch viele Patienten einzeln in sein Sprechzimmer quellen würden – und in dem Bewußtsein, daß er darauf angewiesen ist, daß Rosalinde ihm die Wahrheit erzählt, ihm vertraut, damit er ihr würde helfen können, aber was ist schon Wahrheit, was ist schon Vertrauen.
Rosalinde schloß ihre Ausführungen mit der Schilderung ihrer Nervosität und häufigen Niedergeschlagenheit, die sie nachts nicht schlafen ließ. Der sie freundlich musternde Arzt – was ist schon Wahrheit – schrieb daraufhin in seine Unterlagen „vegetative Dystonie", und Rosalinde ver-

schrieb er eine Packung hübscher rosa Pillen, für morgens und abends je eine mit einem Schluck Wasser zu nehmen, gleichzeitig riet er ihr zu einer Kur, die sie dringend brauche, denn in solch kurzer Zeit solch erhebliche Mengen Gewicht zu verlieren, habe nicht nur ihren Körper, sondern auch ihre Psyche überanstrengt.
Rosalinde erklärte ihm, daß sie sich das jetzt mit Rücksicht auf ihren Arbeitsplatz nicht leisten könne – dafür hatte der Arzt großes Verständnis. Viele Fragen hatte er auch nicht mehr und außerdem wenig Zeit und schließlich schon genug deprimierte Arbeitslose in seinem Wartezimmer.

Am Abend nahm Rosalinde die erste Pille, die der Anfang eines sehr langen Weges werden sollte. Bald fühlte sie sich ruhig und wohl, und in dieser Nacht schlief sie traumlos und gut.
Sie wurde nicht von den Gedanken wachgehalten oder mehrmals mitten in der Nacht geweckt, daß sie sich von Tag zu Tag unfähiger fühlte, das durchzuhalten, was Tantes Vernunft und Rosalindes Bequemlichkeit für sie als Beruf ausgesucht hatten.
Sie war sehr dünnhäutig geworden, während sie in den vorherigen Jahren vieles auf ihre Dicke schieben konnte mit der Feststellung, das ist eben so, wie zum Beispiel die Herablassung mancher Kundinnen, die sie jetzt sehr traf, während sie als dicke Rosalinde sich daran gewöhnt hatte.
Jetzt stellte sie fest, weil sie selbstbewußter um sich blickte, daß oft Frauen zu dieser herablassenden Art neigten und dieser Neigung auch hemmungslos nachgaben, die nichts, jedenfalls nicht mehr zu bieten hatten, als das von ihren Ehemännern verdiente Geld, noch nicht einmal eigenen Geschmack, Geist oder gar Verstand.
Anstatt sich darüber zu amüsieren oder diese Dümmlichkeit überhaupt nicht wahrzunehmen, fühlte sich Rosalinde getroffen, und in ihr kochte manchmal tagelang eine kaum zu bändigende Wut.

Die andere Sorte waren männliche Kunden, die wie auch immer, den Aufstieg zu Positionen geschafft hatten, die ihnen, wenn auch im begrenzten Umfang, Macht gaben, ohne daß sie Kritik fürchten mußten. Denn der Staat fütterte sie – auch von Rosalindes Steuern – durch, ohne Ansehen von Person oder Leistung. Nicht alle, die solche Machtinhaber waren, verhielten sich anmaßend, aber es waren genug. Jedenfalls für Rosalinde, so daß sie, wenn sie manches Mal einen dieser Herren das Geschäft betreten sah, nur noch mit geballten Fäusten herumging. Ohne das jedoch zu bemerken, da sie genug damit beschäftigt war, freundlich zu lächeln.
Diese hübschen rosa Pillen waren richtig als Mittel, den Blick auf all diese Ärgernisse zu verschleiern, diese Ärgernisse unscharf zu machen, sie zu zwergenhafter Unwichtigkeit schrumpfen zu lassen, und immer, wenn diese hübschen Pillen in Rosalinde wirkten, dann war sie gelassen und fast heiter, was sie nach und nach zu einer sehr beliebten Verkäuferin machte.
Rosalinde nahm gewissenhaft diese beiden Pillen, morgens eine, abends eine, und gelegentlich mal eine zwischendurch – dann nämlich, wenn doch unerwartet Ärger in ihr hochstieg und sie eine Aufregung unbedingt und auf jeden Fall vermeiden wollte. Abgesehen davon war sie bald nicht mehr in der Lage, sich ärgerliche Gefühle zu gestatten, in der Hoffnung, irgendwann würden die von allein wieder gehen. Soviel Zeit hatte sie jetzt nicht mehr, diese Gefühle mußten sofort beseitigt werden.
Der Doktor hatte längst seine Mahnung, Rosalinde solle eine Kur machen, aufgegeben – des Menschen Wille ist sein Himmelreich –, und so verschrieb er ihr diese Pillen weiter. Und als die Wirkung dieser Sorte offenbar nachließ, da machte er sich zwar kurz einige Gedanken, ob Rosalinde nicht doch übertrieben hatte – und verschrieb ihr gelbe Pillen, die wirkten dann wieder.
Und eines Tages tauchte im Geschäft dieser Spinnebückel auf.

7

An diesem einen Tage ist Spinnebückel von der Chefin als Geschäftsführer vorgestellt worden, denn inzwischen hatten die erfolgreichen jungen Leute noch ein zweites Geschäft eröffnet – das Interieur altrosé mit hellgrau, edel und teuer –, so daß die Chefin sich jetzt mehr um den Aufbau des neuen Geschäftes würde kümmern müssen. Rosalinde verstand das, zumal die Chefin die gleichen rosa Pillen nahm, die Rosalinde schon hinter sich hatte, und damit weiterhin erfolgreich sein konnte.
Deshalb also würde dieser Spinnebückel, in der Textilbranche von so ziemlich einmaliger Könnerschaft, wie man hörte, jetzt hier die Stelle der Chefin einnehmen.
Rosalinde sah diesen Spinnebückel an, sie hörte die Stimme dieses Spinnebückel – betont ruhig, sanft unterlegt mit etwas Salbei – und wünschte ihn zum Teufel oder zum Mond. Oder sich oder das Geschäft mit ihm und ohne ihn so weit weg wie möglich, wohin das war egal, nur weit entfernt von ihr mußte er sein.
Sie empfand sofort eine intensive, körperlich spürbare, wenn auch nicht begründbare Abneigung gegen ihn und hoffte für einen Moment lang, dieser Spinnebückel möge sich als kurzzeitige Wahnvorstellung herausstellen. Dann wollte sie sich lieber von ihrem Arzt in die längst von ihm als fällig angesehene Kur schicken lassen, dafür aber genau wissen, daß es diese Erscheinung Spinne-die-bückelt nicht gab, jedenfalls nicht wirklich, sondern nur eine Überreaktion auf vielleicht zu viele Tabletten darstellte. Oder ein Anfall von leichter Hysterie, und auch das würde sie sofort akzeptieren.
Aber diese Erscheinung verschwand nicht.
Mittelgroß und schlank hielt Spinnebückel sich so gerade, wie das oft Menschen tun, die gerne größer sein möchten und dies durch übergerade Haltung auszugleichen versuchen. Dabei ist allerdings nicht ganz klar, ob sie mit Größe nur die körperliche meinen oder gleichzeitig versuchen,

sich noch eine andere Größe zu schaffen, von der sie vermutlich fälschlicherweise annehmen, daß auch die mit besonders geradem Rücken zu erreichen sei.
Rosalinde ging solchen Menschen stets aus dem Wege, denn zu lange war sie mit schweren, hängenden Schultern herumgeschlurft, und auch jetzt, obwohl fast dünn und gerade, überkam sie das Gefühl, in die Breite und nach unten zu wachsen, das Gefühl, als Fettkloß auseinanderzufließen, wobei sich ihr Körper wie eine Breipyramide in den Raum ergießen würde. Sie fühlte sich elend und verschwitzt, die Temperatur im Raum wuchs und wuchs, und je mehr ihr Körper an Umfang zuzunehmen schien, um so mehr floß ihr der Schweiß die Achseln hinunter, breitete sich auf der Kopfhaut aus, floß die Stirn hinunter und klebte dort ihren Pony fest.
Ein grauenhaftes Gefühl, das sie auch mit größter Anstrengung nicht wegdenken konnte – jedenfalls nicht, solange Spinnebückel im Raum blieb.
Dabei war, bei etwas sachlichem Nachdenken, kein Grund für eine solche Reaktion vorhanden, aber denken konnte sie im Augenblick noch weniger, da ihr die Sorge, hier vor aller Augen zu zerfließen, jeden sachlichen Gedanken blockierte.
Spinnebückel hatte braunes, schon etwas schütteres Haar und war sehr gepflegt, der feine Duft nach Shampoo, nach einem milden, dezenten After Shave und dem dazu passenden, ebenfalls milden, dezenten Eau de Toilette umgab ihn mit der Aura einer zumindest hygienisch gepflegten Zivilisation.
Dazu ein Gesicht, das eigentlich ansprechend aussah, nichts Grobes, alles schmal und fein geschnitten, nur die Nase war etwas zu lang geraten, und die grauen Augen hätten auch nicht so sparsam schmal geschnitten zu sein brauchen.
Spinnebückel ging nun, nachdem er allen versichert hatte, wie gut man zusammenarbeiten werde, auf jede Einzelne zu, gab die Hand und sprach ein paar Worte, die von so gekonnter Unverbindlichkeit waren, daß sie auch sofort mit Fug und Recht vergessen werden durften.

Als er nun auch Rosalinde seine kühle Hand gab und sie kurz ansah, da war ihr klar, es sind seine Augen, Augen, die sie musterten, höhnisch, rechthaberisch und verächtlich. So glitten sie kurz an Rosalinde von oben nach unten, wieder nach oben und schweiften neben ihrem Hals zur Seite und waren weg. Noch ein paar unverbindliche Worte, die Rosalindes Gehör nicht erreichten, und weg war auch er.
Rosalinde fühlte sich elend und wie getreten, die Fakten waren deutlich, sie würde getreten werden. Nicht so, wie ihre Chefin das anfangs getan hatte, was bei Rosalinde schon fast in Vergessenheit geraten war. Denn seit Rosalinde schlank und selbstsicher auftrat und mit Hilfe der Pillen – morgens und abends und manchmal zwischendurch – mit einem entspannten Lächeln auf eine Kundin zugehen konnte, dieser mit vertraulicher Freundlichkeit zu dem neuen Rock auch noch eine neue Bluse verkaufen konnte: „Gnädige Frau, das Outfit stimmt – denn sonst sieht doch jeder, daß der Rock neu, die Bluse aber aus der Vorjahreskollektion ist", seither war die Chefin sehr freundlich geworden und hatte vor Schreck über den Gedanken, Rosalinde werde sich womöglich jetzt eine andere Stelle suchen, ihr Gehalt verdoppelt.
Spinnebückel würde sie anders treten – das war Rosalinde blitzartig deutlich geworden, als sich ihre Augen für den Bruchteil einer Sekunde trafen, wonach Rosalindes Blick ebenfalls abrutschte an diesem eisigen Grau voller Verachtung und versuchte an dem warmen Rot des Kleides der Chefin Halt zu finden, denn in Spinnebückel hatte Rosalinde ab nun einen Feind.
Warum, das würde sich zeigen.

Rosalinde hatte sich nicht geirrt. Mit ihrem erworbenen Instinkt noch aus der Zeit, als sie dick und damit jedem Spötter nach Laune ausgesetzt war und auch keine Möglichkeit für sich gesehen hatte, auszuweichen oder sich gar zu wehren, war ihr hier deutlich und endgültig klar geworden, daß dieser Spinnebückel wenigstens ein Opfer

haben mußte – und seine Wahl war auf Rosalinde gefallen.
Bald begann Rosalinde damit, die morgendliche Pille zu verdoppeln, denn jeden Morgen, wenn sie aufwachte und ihr als erstes einfiel, daß ein Wochentag wieder neu angefangen hatte und damit auf sie der so verhaßte Gang in das Geschäft wartete, da fühlte sie sich kaum in der Lage, aufzustehen. Sie blieb zunächst liegen und träumte von einer Grippe, die ihr einerseits erlauben würde, zu Hause zu bleiben, die andererseits so leicht sein würde, daß sie nicht mit Kopf-, Hals- und Gliederschmerzen vor sich hindämmern müßte, sondern in eine Traumwelt abtauchen konnte. Dann nahm sie zunächst eine ihrer Pillen und wartete die Wirkung ab, bevor sie sich noch immer widerwillig in das Bad begab.
Selbst das Wochenende war für sie kein Anlaß, sich darüber zu freuen, daß sie nun jeden zweiten Samstag auch noch frei und damit ab Freitag abend zwei Tage nur für sich hatte.
Der Samstagmorgen war noch sehr angenehm. Rosalinde hatte es sich zur Gewohnheit gemacht, auch am Wochenende sehr früh aufzustehen – oft bedauerte sie die vergeudeten Jahre, wo sie am Wochenende erst gegen Mittag fähig gewesen war, sich aus dem Bett zu wuchten.
Jetzt stand sie wie immer um sechs Uhr morgens auf und ging ins Wohnzimmer, wo sie die Balkontür weit öffnete und den Rauch von gestern hinausließ.
Dann duschte sie ausgiebig, wusch sich die Haare und ließ den Schaum über ihren Körper gleiten, wobei sie nahezu beglückt an ihren Rippen und Hüftknochen entlangstrich und freien Blick auf ihre lackierten Fußnägel hatte. Danach trocknete sie sich ab und rieb ihre Haut mit einem mild duftenden Öl ein, band ihr nasses Haar in ein Handtuch und wickelte ihren Körper in einen für ihre Maße viel zu großen Bademantel.
Den hatte sie als Erinnerung an ihre dicke Zeit behalten und freute sich jedes Mal, wie sie sich darin nun fast zweimal einwickeln konnte, denn immerhin war er ihr inzwischen zehn Nummern zu groß.

Sie kochte sich zwei Eier im Glas, machte sich eine Kanne Kaffee, röstete sich zwei Scheiben Toast, füllte sich Quark in eine Schale und setzte sich mit ihrem Frühstück nicht in die Küche, sondern an den Tisch im Wohnzimmer vor dem Fenster in den Korbsessel neben die fast deckenhohe Blattpflanze. Die Wochenzeitung hatte sie sich für den Samstag aufgehoben, und so verbrachte sie fast zwei Stunden mit ihrem Lese-Frühstück, welches sie mit einer Zigarette abschloß.
Später trocknete sie ihre Haare, zog Jeans und T-Shirt über, nahm ihren Einkaufskorb und fuhr auf dem Fahrrad zum Supermarkt – im Winter ging sie, eingepackt in mehrere Schichten Wolle und in dicken Stiefeln zu Fuß.
Ob mit dem Fahrrad oder zu Fuß – sie genoß die Luft und kam auch nicht in die Verlegenheit, zuviel einzukaufen, da die Einkäufe nun nicht mehr von dem Auto nach Hause getragen wurden, sondern von Rosalinde.
Schon lange schob sie sich nicht mehr eilig, nahezu mit geschlossenen Augen an den langen Regalen mit Wein, Sekt, Cognac und Schnäpsen und den sich daran anschließenden Bierkästen vorbei, sondern sie nahm diese nicht mehr wahr, genauso, wie sich niemand zu dem untersten Fach eines Regals hinunterbeugt, nur um festzustellen, ob noch genug Mehl da ist, obwohl er jetzt keines kaufen will.
Rosalinde war eine gute Kundin an der winzigen Fischtheke geworden, und von der Gemüseverkäuferin wurde ihr im Sommer frischer Spargel sofort beiseite gelegt oder fast liebevoll die schönsten Fenchelknollen eingepackt. – An der Kuchentheke mit kleinem Brotteil lag ihr Vollkornbrot bereit, und in der Milchabteilung erzählte ihr die Verkäuferin von einer neuen Joghurtsorte.
Im Herbst leistete sich Rosalinde ein Stück Pflaumenkuchen mit Schlagsahne, und zur Erdbeerzeit kaufte sie sich noch einmal Schlagsahne und genoß diesen unnachahmlichen Geschmack einer zerquetschten in Schlagsahne verrührten Erdbeerzeit.
Rosalinde war bestens informiert über verschiedene Kaffee- und Teesorten und wählte, wie ein Kenner seine

Weine aussucht, unter den verschiedenen Sorten von Mineralwasser.
Rosalinde war auch in diesem Supermarkt sehr gerne gesehen, sie war immer freundlich, meckerte nicht, wenn sich vor der Kasse eine Schlange gebildet hatte und war munter und interessiert – ihre Pillen vergaß sie nie.
Gegen Mittag ging sie mit dem Staubsauger durch ihre Wohnung, besah sich die Fenster und kam meistens zu dem Ergebnis, daß sie noch sauber genug seien, putzte Küche und Bad, wischte Staub, und alles durfte nicht mehr als eine Stunde in Anspruch nehmen – die Gelassenheitspillen hatten auch hier ihre Wirkung getan und gelegentlich hatte sie deswegen ein schlechtes Gewissen.
Mittags briet sie sich ein Steak oder einen Hühnerschenkel oder dünstete sich ein Stück Fisch, dazu aß sie eine große, mehlig gedämpfte Kartoffel und Salat und fuhr dann zum Fluß, um zu laufen, was sie noch immer nicht aufgegeben hatte.
Auf dem Rückweg fuhr sie noch zum Bahnhof und verbrachte viel Zeit in der Buchhandlung dort, denn am Samstag nachmittag war es da nie voll – die Reisenden waren entweder schon weg oder würden erst am Abend fahren. So konnte sie sich in Ruhe Taschenbücher aussuchen, kaufte sich noch eine Zeitung für Mode und verbrachte den Rest des Tages lesend zu Hause.
Sonntag früh stand sie zur gleichen Zeit auf, aber in weitaus schlechterer Stimmung, denn da rückte der Montag schon mit jeder Stunde näher. Ab Mittag wurde sie mutlos und deprimiert. Meistens legte sie sich schon abends um sieben ins Bett und weinte, bis die Schlaftablette, die am Sonntag ihr Abendessen ersetzte, ihre Wirkung tat.
Dabei, so sagte sie sich immer wieder, war ihr Leben doch jetzt schön, und sie fühlte sich wohl. Sie hatte ein anderes oder überhaupt ihr erstes Lebensgefühl ausprobiert, und es gefiel ihr, und gegen Ärger und Traurigkeit hatte sie ihre Pillen, die ihr immer wieder neu verschrieben wurden und sie immer wieder gelassen machten.
Wenn nur nicht dieser Spinnebückel wäre oder wenn sie, Rosalinde nicht hysterisch wäre, wie sie oft ihre Niederge-

schlagenheit nannte, da es einen handfesten, greifbaren Anlaß nicht gab – für sie jedenfalls nicht.

Denn eigentlich tat dieser Spinnebückel nichts, was man ihm hätte wirksam vorhalten können. Er trat auch Rosalinde nicht etwa zu nahe, so daß sie sich hätte möglicherweise als Frau belästigt fühlen und sich darüber empören, zu Recht beklagen können.
Spinnebückel nahm vielmehr sehr pflichtbewußt seine Aufgaben als Geschäftsführer wahr. Er war ein Glücksfall für jeden Geschäftsinhaber, der die Geschäfte einem anderen, aus welchen Gründen auch immer, überlassen mußte: zuverlässig und ehrlich, hier gab es keine krummen Dinge mit Lohn- oder Lieferantenabrechnungen, die Kasse stimmte, die Kunden waren zufrieden, nur die Atmosphäre, diese merkwürdige Erscheinung, die entweder beflügelt oder lähmt, war ausschließlich das, was man sachlich nennt und was manchmal frösteln machte – jedenfalls für diejenigen, die unter oder neben Spinnebückel arbeiten mußten.
Spinnebückel kümmerte sich um alles, was mit dem Geschäft zu tun hatte, auch insbesondere um Rosalindes Leistungen als Verkäuferin.
Rosalinde hatte sich schnell angewöhnt, morgens mehrere Minuten früher im Geschäft zu sein, um ein Zuspätkommen auf jeden Fall zu vermeiden, in der Hoffnung, daß ihre Überpünktlichkeit ihn für diesen Tag wenigstens besänftigen würde. Das tat sie auch, was Spinnebückel mit einem sanft verachtenden: „Ah, schon hier" quittierte.
Spinnebückel stand mitten im Geschäft, zentral postiert mit Blick auf den Eingang, der zugleich Ausgang war und übersah die Lage und Rosalinde, bis auf den letzten Moment, bis zu seinem: „Ah, schon hier."
Denn mit dem Gespür des Verachtenden für Schwächere, die ihm ihre Schwächen und Ängste als stattfindende Niederlage allzusehr feilboten, wußte er Ton und Mimik so gekonnt einzusetzen, daß eine Niederlage nicht erst kommen würde, sondern unveränderbar schon eingetreten war.

Dabei war ihm wirklich nichts konkret vorzuwerfen, er nahm und benutzte nur das, was ihm angeboten wurde.
Befragt, würde er sagen, er habe leider vergeblich versucht, Rosalindes Unsicherheit in Stärke umzuwandeln, ihr zu zeigen, daß sie absolut keinen Grund zur Unsicherheit und zu Ängsten hatte, gemessen an ihren Leistungen, und er würde dazu ergänzend, sich vielleicht eben noch milde zu Rosalinde neigend, sie fragen, was sie denn dagegen einzuwenden habe.
Natürlich nichts, würde sie mühsam hervorwürgen, unfähig, deutlich zu machen – gegen ihre angstvoll flatternden Gedanken und Hände ankämpfend –, daß es nicht auf seine ehrenhaften Gründe ankomme, sondern auf seine Art. Diese verächtlich quälende, sanft erniedrigende Art, die auf jeden Fall nicht das Ziel haben konnte, sie, Rosalinde zu stärken, auch wenn er geschickterweise sein Verhalten als lobenswerte Hilfestellung getarnt hatte.
Man würde Rosalinde verständnislos ansehen, man würde mit Spinnebückel verständnisvolle Blicke tauschen, man würde verstehen, wie äußerst schwer ihm hier seine Menschenfreundlichkeit gemacht wird, und im übrigen Rosalinde bedeuten, daß im Wirtschaftsleben, welches für sich schon aufreibend genug ist, sie nicht erwarten könne, ständig auf Händen getragen zu werden.
Das alles dachte sich Rosalinde immer dann, wenn sie vor Verzweiflung zitternd abends nach Hause kam, denn ihre anfängliche Wut hatte sie bei ihrem Lauf am Fluß mit den Füßen zwar zerstampft, zurückgeblieben war aber Verzweiflung, gegen die sich eben nicht anrennen ließ.
Verzweiflung darüber, daß sie nie in Ruhe eine Kundin bedienen konnte, seit Spinnebückel sich jedes Mal wenige Meter entfernt von ihr scheinbar teilnahmslos aufbaute und sie seine Augen in ihrem Genick fühlte. In ihrem Genick, das sich begann, zu verdrehen, das schmerzte und nur mit Mühe den Kopf gerade balancieren konnte, wodurch der Kopf schwerer und schwerer wurde. Es nützte auch nichts, die Schultern hochzuziehen, damit sie möglichst den fallenden Kopf stützen könnten – dies wiederum machte die Arme schwer, und die Bauchmuskeln began-

nen sich zu verkrampfen. Gleich würde sie abstürzen – das rettende Netz war eine ihrer Pillen.
Der Druck schwand, die Bauchmuskeln entspannten sich ebenfalls, und Rosalinde fühlte sich für eine gewisse Zeit gelassen, bediente freundlich und sachkundig, auch wenn sie sich unbemerkt ab und zu einige Schweißperlen von der Oberlippe wischen mußte.
Die Kundin hätte vollauf zufrieden sein können, aber Spinnebückel stand in der Nähe, und wenn die Kundin sich genußvoll vor dem Spiegel drehte, um das in die engere Auswahl genommene Kleid von allen Seiten zu betrachten, dann vergaß sie nicht, dem Mann Spinnebückel einen fragenden Blick zuzuwerfen – den dieser auffing und richtig deutete. Nicht etwa, daß er sich eingemischt hätte – niemals würde er Rosalinde das Konzept aus der Hand nehmen –, nein, er kam nur wenige, kaum wahrnehmbare Zentimeter näher. Inzwischen hatte sich seine Miene in sachverständige Kennerschaft verwandelt, er begutachtete, empfahl vielleicht noch einen Gürtel und beendete den Auftritt nach Sekunden mit den Worten: „Es sieht bezaubernd aus, gnädige Frau."
Wohlgemerkt, *es* sieht und nicht *Sie* sehen bezaubernd aus – er beherrschte alle Nuancen, Abstand zu wahren sehr perfekt, was Rosalinde durchaus anerkannte.
Wenn damit sein Auftritt wirklich beendet gewesen wäre, dann hätte Rosalinde das als hilfreich angenommen. Denn das hatte sie schon vor vielen Jahren erkannt, erst die Bestätigung durch einen Mann wertet ein neues Kleidungsstück und damit das Selbstwertgefühl auf – jedenfalls bei den Kundinnen, die das Geld ihrer Ehemänner ausgaben und diese dann auch überzeugen mußten.
Als Rosalinde noch sehr dick war, da hatte ihr so manche Kundin deutlich zu verstehen gegeben, daß sie auf das, was Rosalinde über Chic und Eleganz sagte, überhaupt keinen Wert lege.
Seit Rosalinde selbst sehr schlank und sehr geschmackvoll angezogen war, da wurde zwar hingehört, aber eine deutliche Spur Neid war der herablassenden Entgegennahme ihrer Ausführungen anzumerken. An dick oder

dünn konnte es jedenfalls nicht liegen, wenn Rosalindes Bestätigung über den gelungenen Einkauf nicht ausreichte, wenn erst Spinnebückels Es-sieht-bezaubernd-aus-Formel notwendig war, um zu überzeugen.
Erst wenn Spinnebückel mit einer kaum wahrnehmbaren Verbeugung diese Zauberformel gesprochen hatte, dann konnte Rosalinde eine deutliche Verwandlung zum Befreit-Glücklich-Sein miterleben. – Zweifel waren verschwunden, der Eindruck würde der Gewünschte sein.
Aber auch das wäre Rosalinde gleichgültig gewesen, denn sie hatte im Lauf der vielen Jahre im Umgang mit anderen Frauen ständig das stets bereite Mißtrauen, hier könnte eine Konkurrentin sein, nur zu gut kennengelernt und sich mit der Tatsache abgefunden, daß Frauen oft und in erster Linie radikale Feindinnen sind, ohne daß dafür auf den ersten Blick ein Grund zu erkennen gewesen wäre.
Wie dem auch sei, es wäre Rosalinde gleichgültig gewesen, wenn Spinnebückel dann nur gegangen wäre, ohne ihr diesen verachtenden Blick zuzuwerfen und ihr, je nach Kaufsumme, gerade ebenso laut oder leise, so daß es für die Kundin noch hörbar war, den Rat zu geben: „Legen Sie der Dame passende Strümpfe dazu", was die Dame mit dankendem Lächeln an Spinnebückel und einem deutlich herablassenden Blick für Rosalinde jeweils quittierte.
Spinnebückel tat so, als habe er vergessen, daß allgemein die Anweisung bestand, ab einem gewissen Betrag kostenlos der Kundin ein Paar Strümpfe dazuzulegen, als dankbares Geschenk, damit die Kundin auch wiederkomme.
So, als habe er vergessen, daß Rosalinde immer und ohne Ausnahme diese Regelung eingehalten hatte und auch nie den Eindruck machte, sie zu vergessen.

Rosalinde wagte nicht, Spinnebückel auf sein für sie provozierendes Verhalten anzusprechen, denn sie fürchtete sich vor dem falschen Wort – einem Wort, mit dem eine

Lawine losgetreten werden konnte, die dann herabstürzte, um den unbedachten Redner zu zermalmen. Denn sie hatte nie gelernt, ruhig, sachlich Kritik zu üben und zu argumentieren, und sie hatte auch nie gelernt, mit einer humorvollen Äußerung etwa, solche Dinge, die ihr mißfielen, zu quittieren.
Tante hatte nie Widerspruch geduldet, und wenn sich doch solcher regte, dann reagierte sie mit Gewalt. Auch später noch war es Gewalt mit Worten, gefolgt von eisigem Schweigen, das sie in der Wohnung ausbreiten konnte und mit dem sie Angst einjagte, als wäre da ein bösartiges Tier, jederzeit bereit, Rosalinde anzufallen.
Humor hatte Tante ebenfalls nicht, doch sie konnte durchaus lachen – nämlich hämisch über andere und noch hämischer über Rosalinde. Alles, aber auch buchstäblich alles, was jemals danach ausgesehen hatte, daß Rosalinde sich zu einer eigenständigen, gar noch von Tante auch innerlich unabhängigen Frau entwickeln könnte, wurde mit Gewalt und Häme zertreten. Auch als Rosalinde längst erwachsen war, stellte Tante immer wieder die Forderung, daß sie bei Rosalinde an erster Stelle zu stehen habe, denn immerhin schuldete Rosalinde ihr soviel Dank, den sie nie in ihrem Leben würde abtragen können. Und das mindeste, was Rosalinde in ihrer Dankbarkeit zu tun hatte, war, Tantes Forderungen nach ausschließlicher Beachtung, ihre Worte, Drehungen und ihre Häme wie ein Credo anzunehmen.
Jetzt hätte Rosalinde sehr gerne die Kunst beherrscht, ein Gespräch mit Spinnebückel zu führen, ohne daß sie an dessen Ende zerschmettert sein würde.
Sie fürchtete sich vor dieser Lawine, deren Wucht sie nicht gewachsen wäre, zumal ihre unbeholfen vorgebrachten Argumente schwach und der Phantasie entsprungen erscheinen würden. Zudem würde ihr als größtes Versagen angerechnet werden, daß sie nicht vernünftig sei – auch hier war sich Rosalinde über die Definition nicht sicher, denn immer, wenn Tante von Vernunft redete, dann meinte sie absoluten Gehorsam. Der Gipfel ihrer Toleranz waren dann die Worte: „Du redest gegen deine eigene

Überzeugung, denn so dumm kannst du nicht sein, daß du für richtig hältst, was du sprichst." –
Und jetzt würde gesagt werden, man könne doch über alles sprechen und Spinnebückel wäre selbstverständlich der letzte gewesen, sich nicht in eine Diskussion mit Rosalinde einzulassen. Aber gegen Hirngespinste sei er leider machtlos, würde er freundlich lächelnd sagen und dazu bedauernd die Arme erst heben und dann mutlos sinken lassen, und alle würden Rosalinde ansehen und den netten Herrn Spinnebückel bedauern.
Rosalinde würde dastehen – diese dumme Gans, die sich wichtig nimmt, Hirngespinsten nachhängt und noch nicht einmal versucht, Klarheit zu erzielen –, wie würde sie wirklich dastehen: schweigend und wenig später auf der Straße.
Das jedenfalls erzählten ihre Ängste, das flüsterte Tantes Stimme in ihrem Ohr: „Siehst du, ich habe dir immer gesagt, die einzige, auf die du dich verlassen kannst, das bin ich", das flüsterten die Alpträume in ihren unruhigen Schlaf hinein.

8

Wie sehr sich Rosalinde irrte, das ahnte sie nicht. Ebensowenig ahnte sie, wie selbstbewußt und anziehend sie auf andere wirkte – auch auf Spinnebückel. Spinnebückel wußte ihre Leistungen stets richtig einzuschätzen, er wußte ihre Ängste richtig einzuplanen und treffsicher zu kalkulieren, denn seine Gefühle gegenüber Rosalinde kannte er, aber bei Rosalinde vermutete er von der ersten Minute an

Feindseligkeit, ohne daß er eigentlich genau zu sagen gewußt hätte, weshalb.
„Fettsack, fang uns, dann spielen wir mit dir", so wie Rosalinde damals den Versuch erst gar nicht unternommen hatte, sich Spielgefährten zu fangen, so unternahm sie auch jetzt keinen Versuch, sich ihre Ängste einzufangen und Spinnebückel entgegenzutreten – ganz ruhig, gelassen und kühl.
Sie stellte sich vor, was sie ihm alles sagen würde, dann nahm sie, da ja doch alles zwecklos sei, zwei ihrer Pillen – dann geht das schon wieder – und schluckte ihren Ärger, die Pillen und den Inhalt eines großen Glases Wasser hinunter.

Seit Rosalinde nicht mehr trank, hatte sie wieder begonnen zu lesen, denn dazu war sie lange Zeit nicht in der Lage gewesen. Damals hatte sie, nachdem einige Versuche mit schwimmenden Zeilen vor ihren Augen fehlgeschlagen waren, ihre Bücher einfach vergessen.
Irgendwann, als Rosalinde immer deutlicher so wurde, wie sie sich das vorgestellt hatte an diesem unvergessenen, grauenhaften Sonntag, da begann sie wieder, ihre Bücher hervorzuholen, die ihr jetzt allerdings ziemlich trivial erschienen. Vielmehr hatte sie sich bald Büchern zugewendet, von denen sie sich neben Unterhaltung auch einen Weg zur Lösung ihres Problems erhoffte. Eines Problems, das aus der Erkenntnis gewachsen war, daß sie fast mechanisch funktionierend ein Leben lebte, das nicht ihr eigenes war.
Ihr Leben kam ihr vor, wie im Schaufenster gelebt, es war ein vorher theoretisch durchdachtes, sich als richtig vorgestelltes Leben, und dieser Theorie lebte sie nach und wandelte sie um in jeden einzelnen Tag.
Die Theorie war, schlank und sehr gepflegt zu sein, zudem noch durch ausreichende Bewegung und gesunde Ernährung leistungsfähig. Zugegeben, krank war sie schon seit Jahren nicht mehr gewesen.

Die Theorie war auch: Alles muß perfekt sein und so muß ich leben, dann bewahrt mich das mit Sicherheit vor dem Absturz.
Zunächst hatte es ihr auch Freude gemacht, ein anderes Leben auszuprobieren, eine Theorie aufzustellen, einen Stunden- und Gedankenplan und dies alles einzuhalten, sich daran festzuhalten.
Irgendwann beschlich sie jedoch das Gefühl, daß das, was und wie sie lebte doch nicht ihr eigenes, das nur ihr gegebene Leben war. Es waren nicht aus *ihrer* Einstellung hervorgegangene Vorstellungen, sondern sie lebte nahezu sklavisch nach, was allgemein als Ideal empfunden und angesehen wird – und für ihre Gefühle hatte sie ihre Pillen. Sie wußte eigentlich nur, so ungefähr jedenfalls, was sie nicht wollte: so werden wie Tante.
Und sie, Rosalinde, was hatte sie schon gelernt oder erfahren. Alles, was sie über das Leben im allgemeinen und über das einer Frau im besonderen wußte, das stammte nun einmal von Tante.
Tante befaßte sich mit ihren Nachbarinnen, indem sie über deren Schlampigkeit herzog, wozu sie die nicht näher kennen oder deren Wohnung etwa gesehen haben mußte – das sieht man doch gleich. Oder sie betonte ihre besondere Sauberkeit, die sie ebenfalls blitzartig festgestellt hatte, wenn auch mit dem leisen Zweifel, ob das ganze nicht „oben hui und unten pfui" sei.
Das Maß des Glanzes ihres Fußbodens zum Beispiel bestimmte den Wert einer Frau. Dazu hatten dann noch unverkennbare Äußerlichkeiten zu kommen – die Kittelschürze ziert am Vormittag die Hausfrau, weil das ganz offensichtlich den Beweis dafür darstellt, daß diese kittelbeschürzte Frau ihrer Aufgabe, dem sie ernährenden Ehemann ein schönes Heim zu richten, gewissenhaft nachkommt.
Rosalinde haßte diese Kittelschürzen, alle aus Tantes Nachlaß hatte sie dann auch sehr sorgfältig zerschnitten, so wie sie sich das gelegentlich ausgedacht hatte: raus mit diesen häßlich grinsenden Blüten an den schon beleidigend einfallslosen Ranken und dann sehen, was bleibt –

ein Gebilde mit Löchern, das, seiner panzerhaften Spießigkeit entkleidet, nur noch lächerlich wirkt. Ebenso haßte sie Tantes Reden darüber, was eine gute Hausfrau noch alles zu sein hatte und konnte dennoch dem Drang, ihre Wohnung in Hochglanz zu halten, nur dann widerstehen, wenn sie dabei durch die Einnahme ihrer Pillen unterstützt wurde. Dann konnte sie sich gelassen umsehen und feststellen, daß keinerlei Notwendigkeit für Hochglanzaktionen bestand.

Dann war sie in der Lage, das gewaschene Geschirr nicht sofort sorgfältig abzutrocknen – für die Gläser mit einem besonderen Gläsertuch –, sondern von allein trocknen zu lassen und gewonnene Zeit zu nutzen, sich auf die Couch zu legen, zu lesen oder einfach Gedanken nachzuhängen, was früher Tante stets zu dem Vorwurf veranlaßt hatte: „Jetzt sitzt du schon wieder rum und döst."

Dann war sie auch in der Lage, nicht alle paar Tage gründlich die Fußböden, Möbel und Fensterscheiben zu putzen und polieren, sondern abzuwarten, wann sie Lust dazu hatte – eigentlich nie. Manchmal, wenn sie sich umsah und die mäßige Unordnung betrachtete, konnte Rosalinde vor sich hinlachen und sich fragen, was Tante wohl dazu sagen würde, während ihr als Antwort schon Tantes Kochlöffelargumente einfielen, mit welchen sie immer auf mustergültige Ordnung in Rosalindes Zimmer bestanden hatte.

In diesen Augenblicken kam Rosalinde gelegentlich der Gedanke, daß sie sich diese wohltuenden Nachlässigkeiten nur leisten konnte, weil sie ihre dafür sehr geeignete Medizin nahm, und manchmal fragte sie sich vorsichtig, was werden würde, wenn sie diese Medizin nicht mehr hätte. Aber diesen Gedanken schob sie sofort beiseite, wehrte ihn ab wie eine lästige Fliege, er bereitete ihr Unbehagen und fast Angst. Wenn jedoch in diesen Gedanken hinein ihr jemand gesagt hätte, Rosalinde, du bist von den Pillen abhängig, du kannst ohne diese schon nicht mehr leben, dann hätte sie das entrüstet weit von sich gewiesen, nicht zuletzt mit dem Argument, sie nehme die Pillen schließlich nur so lange, bis sie Zeit habe, eine Kur zu

machen, aber noch könne sie keine Kur beantragen, denn darauf würde Spinnebückel nur warten und dann freundlichst besorgt um ihre künftige Gesundheit dafür sorgen, daß sie ihre Stelle verlor – immer und immer wieder Spinnebückel.
Wieder Spinnebückel, alles und auch jedes Argument landeten irgendwann bei Spinnebückel. Spinnebückel, der Grund für ihr verpfuschtes Leben.
Wenn ihr dazu jemand gesagt hätte, Rosalinde, du brauchst diesen Spinnebückel, du züchtest ihn dir geradezu, damit du weitere gute Gründe hast, dich an deine Angst und die Pillen zu klammern, dann hätte sie auch das empört zurückgewiesen. Ein ständig über ihr hängendes Ungeheuer brauche sie sich nicht zu züchten, im Gegenteil, sie versuche alles, diesem Ungeheuer zu entfliehen.

Rosalinde ließ ihr Buch sinken und lachte vor sich hin. Sie fühlte sich besser, sie hatte geduscht, sich mit kühlender Lotion sorgfältig abgerieben, das Fenster war weit geöffnet und brachte langsam Abendkühle, und sie hatte ihre Abendtablette schon genommen.
Spinnebückel – es war wahr, er kreiste immer wieder durch ihre Gedanken, und gelegentlich hörte sie diese freundliche Stimme, welche ihr früher: „Ein Glas Wein, nur ein Gläschen, liebe Rosalinde, schadet doch nicht", immer wieder angetragen hatte, und jetzt begann diese Stimme ihr Spinnebückel näherzubringen.
„Vielleicht ist er gar nicht so mies, wie du denkst, liebe Rosalinde. Vielleicht ist es nur deine abweisende Art, die ihn so unerträglich für dich macht. Immer bist du kühl und schaffst einen riesigen Abstand, so als würdest du dir die Menschen mit einer langen Stange vom Leibe halten. Aber sieh dich doch an, wie schön du bist, liebe Rosalinde, merkst du eigentlich nicht die bewundernden Blicke. Aber ja, du willst geliebt werden, und das hat nichts mit Äußerlichkeiten zu tun, das ist Unsinn, Rosalinde. Abgesehen davon, warum hast du all die Anstrengungen gemacht – schlank zu werden, immer sehr geschmackvoll

gekleidet zu sein, eine neue Frisur zu haben, vergiß nicht die Schminke, mit der du dich auch noch sehr mühsam vertraut gemacht hast. Erinnerst du dich noch an die ersten Versuche? Schaurig hast du ausgesehen – aber aufgegeben hast du nicht, sondern verbissen, ja geradezu verbissen hast du an dieser Art Malkunst gearbeitet, bis du auch das perfekt beherrscht hast. Und erzähle mir nicht, du hast das alles nur für dich getan, so oft betrachtest du dich überhaupt nicht, daß sich dafür der Aufwand lohnen würde. Und dann denke daran, wie sorgfältig du deinen wenigen schlichten Schmuck abgestimmt zu der Kleidung trägst – ja nicht ein Stück zuviel, das könnte ja überladen aussehen. Für wen denn? Wenn es nur für dich wäre, dann könntest du dich mit Ketten behängen wie ein Weihnachtsbaum und würdest dir gefallen, egal, was andere denken. Sieh dich doch jetzt einmal an – du siehst perfekt aus und sehr eigenwillig, heute früh hast du drei verschiedene Paar Schuhe ausprobiert, bis du die passende Absatzhöhe gefunden hattest. Nein, Rosalinde, es ist nicht nur für dich, sieh doch Spinnebückel einmal an – wie er dich ansieht! Aber du, du guckst ja immer gleich wieder weg."

Ach was, schob Rosalinde diese Stimme beiseite – einmal „Fettsack, fang mich doch", immer „Fettsack, fang mich doch".

Spinnebückel – immer wieder Spinnebückel. Rosalinde hatte ihn tatsächlich nie länger als eine halbe Sekunde angesehen – dafür seinen kalten, verachtenden Blick auf sich gespürt. Allerdings hatte sie sich in letzter Zeit immer häufiger vorgestellt, wie das wäre: ein freundlicher Spinnebückel. Ein Spinnebückel, der sie anlächelt, der sie bewundernd ansieht, der ihr vielleicht auch sagt, Rosalinde, du bist schön. Nur bei dem Gedanken, daß dann, irgendwann seinen Blicken seine Hände folgen würden, die dann über ihren Körper gleiten, da geriet sie fast in Panik – so etwas hatte sie stets nur halb oder ganz betrunken ertragen. Und jetzt trank sie nicht mehr, und dafür lohnte es sich auch nicht, damit wieder anzufangen, sich selbst aufzugeben.

Geliebt zu werden, das konnte sie sich nicht vorstellen, und sie konnte das auch nicht glauben. Abgesehen davon, wie sollte sie auch feststellen, was nette Freundlichkeit ist und was das ist, was die Leute Liebe nennen. Immer wieder tauchten dazu Bilder auf, aus der Zeit, als sie so manches Mal vom Alkohol benebelt, die Hände auf ihrer Haut gespürt hatte, die sie anekelten, aber die sie auch nicht wegschieben konnte – und Rosalinde schämte sich und ekelte sich, vor sich und fremden Händen.
In diesem Zusammenhang fiel ihr das letzte Betriebsfest ein, als Spinnebückel mit allen und zuletzt auch mit ihr getanzt hatte. Wie sehr hatte sie gehofft, er würde ihr das ersparen. Sie wäre am liebsten geflohen und hatte es dann notgedrungen zugelassen, daß sie seine kühle Hand durch ihr Kleid hindurch auf dem Rücken spürte, während er sie sicher führte. Er führte, was denn auch sonst, sehr sicher.
Und Rosalinde fühlte sich wie ein Trampel; immer in der Furcht, diesem Spinnebückel auch noch auf die Füße zu treten, verkrampfte sich ihr Rücken, bis er schmerzte, und Rosalinde wartete sehnlichst auf das Ende der Tortur. Sie konnte sich nicht entspannen, während Spinnebückel sie gefangenhielt und über den Boden dirigierte – auch wenn er das unerwartet gut machte.
Kurz danach war Rosalinde nach Hause gefahren und hatte sich, mit vor Aufregung klappernden Zähnen, unter den Strahl der heißen Dusche gestellt und ihren Rücken, dort, wo Spinnebückels Hand gelegen hatte, mit der Stielbürste gründlich abgerieben. Danach hatte sie sich, nur in ihr Badetuch eingewickelt, auf ihr Bett gelegt und war erschöpft eingeschlafen. Selbst in den Schlaf war ihr dieser Spinnebückel noch gefolgt, und seine Hände hatten über ihren Körper gestrichen, der kalt und kälter wurde – bis Rosalinde von der Morgenkühle frierend aufgewacht war.
Sie würde es noch nicht einmal über sich bringen, Spinnebückel anzulächeln, so etwa, wie sie sich lächelnd bei der Zeitungsfrau oder allen anderen bedankte, für Spinnebükkel blieb nur ein leichtes, verkrampftes Auseinanderziehen der Mundwinkel – und sonst nichts.

Fettsack fang mich, dann spiele ich mit dir – o nein, Spinnebückel fang du mich, dann spiele ich vielleicht mit dir!
Bei diesem Gedanken erschrak Rosalinde – wieder Spinnebückel. Sollte diese lästige freundliche Stimme doch recht haben? Recht damit, daß Rosalinde in Wirklichkeit darauf wartete, daß Spinnebückel einen Schritt auf sie zuging. Dies jedoch hielt Rosalinde schlicht für unmöglich.
Sie hatte an sich gearbeitet, war perfekt geworden, jedenfalls soweit man das von außen sehen konnte, und zwar in einem Maße perfekt, daß diese Äußerlichkeiten bei jedem die Gewißheit hervorriefen, wie sehr hier ein eigenwilliger Mensch, dennoch mit angenehmer Wirkung auf andere, sich und sein Leben gestaltete. Hier deutete eigentlich nichts auf Massengeschmack, es deutete auch nichts auf: „Das, was andere haben oder machen, das will ich auch", hier fand man keine Modetrends, sondern ein Benutzen des Vorhandenen nach eigenem Gutdünken. Und Rosalinde wußte genau, was sie tat, sie wußte genau, wie perfekt ihre Tarnung war – die Tarnung eines Menschen, der es nicht wagte, einen anderen näher an sich herankommen zu lassen, aus Furcht, er würde ihre Zerrissenheit bemerken und sie dafür verachten, er würde ihre Ängste feststellen und sich darüber lustig machen, er würde ihre Gefühle nehmen und ihr dann ein Fettsack-fang-mich-doch, vor die Füße werfen. Das alles könnte sie nicht ertragen, das würde sie nicht überleben.
Dafür waren Tantes ständige Warnungen, alle Menschen sind schlecht, zu nachdrücklich gewesen, auch Rosalindes Erkenntnis, daß Tante selbst nicht besser war, hatte daran nichts geändert.

9

Noch in diesem Sommer weihten die erfolgreichen, jetzt nicht mehr ganz so jungen Leute ein weiteres Geschäft ein – eine neue Filiale ihres Erfolges, und nicht nur Spinnebükkel wurde dazu eingeladen, sondern diesmal auch Rosalinde.

Zunächst war Rosalinde über diese Einladung sehr erfreut, aber als sie abends zu Hause darüber nachdachte, wurde sie immer mutloser. Sie war es nicht mehr oder überhaupt nie gewohnt, außer im Geschäft, wo es ihre Aufgabe war, zwanglos und gesellig mit anderen Leuten zusammenzukommen.

Sie hatte es immer, wenn irgend möglich, vermieden, mehr als einen fremden Menschen plötzlich zu treffen. Und jetzt würde sie selbst Gast sein, konnte nicht geschäftig umherlaufen, sich hinter Arbeit und Hektik verschanzen, sondern würde allen ausgeliefert sein, die mit ihr ein Gespräch beginnen wollen. Herumstehen, ein Glas in der Hand halten und möglichst interessiert die Leute oder die Dekorationen anstarren – der Gedanke war entsetzlich und Rosalinde fragte sich, wie sie einen solchen langen Abend durchstehen sollte.

Einfach absagen kam auch nicht in Frage, denn das hätte sie begründen müssen: Urlaub nehmen, den hatte sie schon gehabt, und eine Krankheit, möglichst über mehrere Tage, konnte sie sich auch nicht zulegen, denn wer hätte ihr das schon bescheinigt, wenn sie deutlich sichtbar gesund und leistungsfähig durch die Gegend lief.

Ein Migräneanfall – toll.

Allerdings hatte sie schon seit Jahren keinen mehr gehabt und hätte ihrem Arzt nicht zu sagen gewußt, ob das neben Kopfschmerzen – waren die nun ein- oder beidseitig – auch noch lichtempfindlich macht, oder waren es Geräusche oder beides. Abgesehen davon, sie taugte nicht zur Simulantin. Tante hatte das immer schnell erkannt – und kleinere Erkrankungen wie Schnupfen führten nie dazu, im Bett liegen oder der Schule fernbleiben zu dürfen, denn das war schlichte Faulheit. Tante hatte ihr Wehleidigkeit sehr früh und gründlich abgewöhnt – die Erde ist ein Jammertal. Und jetzt hätte Rosalinde noch nicht einmal Kopfschmerzen simulieren können, ohne sich zu verraten mit deutlicher Unglaubwürdigkeit und ohne, daß sich bei ihr ein sehr schlechtes Gewissen gemeldet hätte oder die freundliche Stimme – Rosalinde, du bist feige – oder beides.

Es blieb daher nur die Hoffnung auf ein Wunder, und wenn das nicht eintraf, dann mußte sie eben zu dieser Feier gehen und würde auch das noch überleben. Spinnebückel war ja auch da, da wußte sie wenigstens, wo sie nicht hinzusehen brauchte.

Rosalinde vertraute ihren neuen grünen Kapseln und begann, sich damit zu beschäftigen, was sie anziehen würde.

Ein kleines Schwarzes mit Perlenkette – das hatte sie nicht und wäre auch nicht bereit gewesen, diese Standardlösung für Einfallslosigkeit zu akzeptieren.

Aber immerhin hatte sie so etwas wie Jagdfieber befallen, und das lenkte wenigstens ab. Jetzt war erst einmal die Kleidung wichtig, und wenn das erhoffte Wunder doch noch kam, dann brauchte sie sich keine Gedanken mehr zu machen, und die Kleidung fand ganz sicher auch noch eine andere Verwendung, und sei es nur als Erinnerung.

Zunächst sah sich Rosalinde im Geschäft um, wo sie gelegentlich auch ein Teil kaufte, nur sehr gelegentlich, denn die meisten Sachen waren ihr zu klassisch, zu teuer und zu sehr auf besonders edel abgestimmt.

Als sie in einer Mittagspause ein Kleid mit jetzt so modernem Spitzenkragen in der Hand hielt und zweifelnd überlegte, wie es ohne dieses Häkelmonster aussehen würde – sie haßte Spitzen und Rüschchen, welche von Tante stets als Ausdruck von vornehmer Eleganz angesehen worden waren –, stand Spinnebückel ein Stück weiter und bemerkte beiläufig: „Das paßt nicht zu Ihnen, Rosalinde" –

mit einer Stimme, die sie zunächst nicht einordnen konnte und auch nicht seinen Blick, der sie traf, als sie sich überrascht umdrehte. Er sah sie einfach ruhig an, ohne daß sie aus diesem Blick etwas hätte lesen können. Seit wann bemerkt er wohl, was ich trage und was zur mir paßt, ging es ihr durch den Kopf, und schnell würgte sie: „Ja, es paßt wirklich nicht" heraus, um danach eilig zu verschwinden.

Rosalinde flüchtete in die kleine Boutique, wo sie nahezu alle Sachen einkaufte. Denn diese Boutique gehörte einer Malerin, die sehr weise erkannt hatte, daß Stil und ein sehr gutes Farbgefühl nicht ausreichten, eine bekannte Malerin zu werden, selbst wenn das auch noch mit dem richtigen Geschäftssinn gepaart war – davon gab es schon viel zu viele.

Also hatte sie aufgehört, beruflich zu malen und davon zu träumen, eines Tages von dem Verkauf ihrer Bilder leben zu können. Sie hatte ihr sicheres Stilgefühl und ihren absoluten Farbsinn nur in Richtung Geschäftssinn kanalisiert und sich dank einer kleinen Erbschaft zur Lebensgrundlage eine kleine Boutique geschaffen. Zum Vergnügen malte sie und träumte weiter ihren Traum vom Ruhm, stellte ihre Bilder in der Boutique aus, und vor Weihnachten kauften sogar manche diese schöne Dekoration.

Sie leistete es sich, die Boutique klein zu halten, immer nur wenig ausgesuchte, nicht sehr teure Sachen, die dadurch viel wurden, daß sie untereinander nahezu unbegrenzt kombinierbar waren und von einer Schlichtheit, die verblüffte und nicht den Eindruck machte, da fehle etwas, ein hübsches weißes Krägelchen zum Beispiel.

Dorthin flüchtete sich jetzt Rosalinde, ließ sich in einen der bequemen Sessel fallen und erklärte der Malerin, welches Dilemma auf sie demnächst zukommen würde.

Denn die Malerin war es auch gewesen, die für Rosalinde, nachdem diese schlank geworden war, eine komplett neue, völlig andere Garderobe, als Rosalinde bisher getragen hatte, zusammengestellt hatte. Rosalinde war einfach mit einem Teil ihrer Ersparnisse in diese Boutique gegangen, deren sparsame Schaufensterdekoration ihr gut gefiel, und hatte gebeten, ihr eine vollständige Garde-

robe zusammenzustellen. Die Malerin hatte Rosalinde gemustert und nur gefragt, wieviel sie anlegen möchte und hatte sie dann eingekleidet – „Probieren Sie das mal, das paßt zu Ihnen" –, und Rosalinde war sich vorgekommen wie in einem Theaterfundus.
Während Rosalinde jetzt zur Beruhigung eine Tasse heißen Kaffee sorgfältig Schluck für Schluck trank, damit sich die Wärme bis in ihre eisigen Finger ausbreitete, ohne auf diesem Weg ihr zunächst die Zunge zu verbrennen, ging die Malerin durch ihr Geschäft und sah sich um. Denn Rosalindes Beschreibung nach brauchte sie etwas, das nicht nach typisch Abend, aber auch nicht nach Alltag aussah und schon gar nicht besonders aufgeputzt war, was es in diesem Geschäft sowieso nicht gab. Nach einer Weile kam sie mit zwei schwarzen Teilen wieder, einem wadenlangen, weichfließenden Hosenrock, eher mehr Hose als Rock, und einem schlichten Seiden-T-Shirt, und Rosalinde schwankte, ob sie richtig verstanden worden sei.
Dennoch entschloß sie sich, die beiden Teile überzuziehen, und als sie wenig später vor dem wandgroßen Spiegel stand, fühlte sie Spinnebückels ruhigen Blick von eben auf sich ruhen und hörte seine Stimme sagen: „Das paßt sehr gut, Rosalinde."
„Da fehlt etwas", meinte die Malerin fast gleichzeitig mit Spinnebückels Lob, so daß Rosalinde auch keine Zeit blieb, vor Entsetzen über Spinnebückels unwirkliche Anwesenheit zu erstarren.
Und die Malerin nahm einen breiten, bunten Seidenschal, faltete ihn gekonnt und wickelte ihn um Rosalindes Taille. Ihr Farbgefühl hatte sie nicht getäuscht, die Farben der Schärpe waren gerade so bunt oder so gedeckt, wie sie sein mußten, damit alles perfekt aussah, und Rosalinde drehte sich zufrieden in dem Spiegel, von allen Seiten gleich gut aussehend.
Sie beratschlagten bei einer weiteren Tasse Kaffee, welchen Schmuck und ob überhaupt Schmuck Rosalinde wählen sollte und kamen zu dem Ergebnis, der schlichte goldene Armreif würde reichen, um nicht überladen zu wirken, denn Halsketten mochte Rosalinde überhaupt

nicht, die vermittelten ihr das Gefühl von Ehre und Druck im Nacken.
Rosalinde fühlte sich grandios. Jetzt habe ich das richtige Korsett, jetzt stehe ich zwei, drei Abende durch, und Spinnebückel, er, sein Blick, seine Stimme, seine Worte sind mir egal, sagte Rosalinde zu sich selbst, als sie zu Hause auspackte und die Sachen sorgfältig auf ihrem Bett ausbreitete.

Allerdings rückte der gefürchtete Abend näher und näher, und das erhoffte Wunder schien immer deutlicher auszubleiben. Der Gedanke an die Menschenansammlung verursachte ihr schon Atembeschwerden, und Rosalinde fühlte förmlich, wie ihr der Schweiß der Aufgeregtheit die Achseln hinunterrinnen würde. Der Gedanke an Spinnebückel verstärkte ihre Angst vor diesem drohenden Ungeheuer, das sich auch noch gesellschaftliches Ereignis nannte, wobei Rosalinde weder nach Gesellschaft noch nach Ereignis der Sinn stand.
Aber vielleicht bricht sich dieser Spinnebückel noch ein Bein. Dieses Wunder und auch ein anderes trat nicht ein, es gab mitten im Sommer weder Glatteis zum Beinebrechen, noch Schneetreiben, um den Verkehr lahmlegen zu lassen. Das Eintreffen eines oder verschiedener Wunder wurde immer unwahrscheinlicher – der Abend war da.
Rosalinde hatte den Nachmittag im Bad und danach im Bademantel auf ihrer Liege im Wohnzimmer vertrödelt, hatte Zeitung gelesen und dabei sorgfältig den Blick auf die Eröffnungsankündigung der neuen Filiale der erfolgreichen jungen Leute, die das auch nicht mehr waren, vermieden.
Sie hatte Finger- und Fußnägel lackiert, und irgendwann zeigte ihr die Uhr so unerbittlich, wie sie jeden noch so geringen, fast nicht merkbaren Zeitablauf registrierte, daß Rosalinde sich jetzt endlich aufraffen mußte.
Bring es hinter dich, schien sie zu sagen. Und Rosalinde wünschte sich jetzt nichts sehnlicher, als eine Betriebsnudel

zu sein, die nach jeder Feier oder Fete, wie dies solche Nudeln zu nennen pflegen, gierte, vor Aufregung vibrierte und vor Verlangen nach Trubel und Abenteuer die Augen aufriß, stierte, wie jemand, der schon lange Basedow hat, und dann sich in das Getümmel warf, ob es da war oder nicht, und auffallen wollte mit Witzen, lautem Gelächter und überschwenglichen Begrüßungsorgien für ihre vielen alten Freunde, die es gar nicht gab, und die nicht merkte, wie sie lästig fiel und sich lächerlich machte. Für ein paar Stunden hätte Rosalinde gerne mit einer solchen Betriebsnudel getauscht oder sich wenigstens hinter einer solchen verborgen, aber auch das war unmöglich, denn die Betriebsnudel im Geschäft, ein kleiner, blonder, maßlos neugieriger Pummel mit runden blauen Augen, diese Betriebsnudel war zu der Eröffnung der neuen Filiale nicht eingeladen worden.
Im Schlafzimmer stand Rosalinde vor ihrem Spiegel – fertig und perfekt. Der Hosenrock umspielte sanft ihre Beine, die Schärpe stützte ihr Rückgrat, und mit zwei Pillen und einem tiefen Atemzug ging Rosalinde – entgegen ihrer Gewohnheit die Wohnung in einem mittleren Chaos hinterlassend. Die Zeitung lag noch aufgeschlagen auf der Couch, die Kaffeetasse stand halb geleert daneben, und über dem Ohrensessel lag ihr Riesenbademantel, aufgeschlagene Bücher lagen auf dem Fußboden, und in der Küche stand das Geschirr der letzten beiden Tage.
Rosalinde fuhr in ihrem Auto langsam los und hoffte, eine langwierige Sucherei nach einem Parkplatz würde ihr eine Gnadenfrist schenken, aber damit war es auch nichts. Wie üblich war am Abend die Innenstadt wie leergefegt, sie fand keine Gelegenheit, herumzukurven. Was sie tagsüber zur Weißglut brachte, das hätte sie jetzt genossen, aber auch dieses Wunder hatte sie im Stich gelassen.

10

Die Feier hatte noch nicht begonnen, aber jeder war schon da und studierte genau, wer ebenfalls den Weg hierhergefunden hatte. Und was zudem von immenser Wichtigkeit schien, das war, was und wer sich wie angezogen hatte. Bekannte Firmennamen wurden am meisten gesehen und waren auch von größtem Interesse, denn schließlich gaben sie doch ziemlich genau Auskunft darüber, was sich wer leisten konnte – oder meinte leisten zu müssen –, ein deutliches Zeichen von Erfolg und ein noch deutlicheres Zeichen von Verkleidung. Was bedeutet schon der Preis, der da in Scheinen hingeblättert worden war, wenn der Preis für ein lebenswertes Leben schon längst nicht mehr bezahlt werden kann.
Die Atmosphäre bei solchen Ereignissen gefiel Rosalinde nie besonders, um dies milde auszudrücken. Sie alle, die da immer so gelassen herumstehen, haben dennoch nie ihre Eile abgelegt, sie machen den Eindruck, als würden sie noch immer vor sich hinrennen oder irgendwem hinterher, sich in einem rücksichtslosen Gedränge, Beiseiteschieben und Durchzwängen befinden. Nicht leben und leben lassen, sondern leben und sterben lassen.
Ihre Gesichter sind ebenfalls, wenn man so will, in Eile, so, als hätte niemand Zeit für das JETZT. So, als könnten sie es sich leisten, so zu tun, als würde dieses JETZT nicht übergehen in die Zukunft, die ungewiß ist und deren Dauer niemand vorhersagen kann, so, als könnten sie es sich leisten, so zu leben, als würde dieses JETZT sich in Permanenz wiederholen, und zwar auf Dauer.
Das JETZT wird verschleudert zu Gunsten eines NICHTS beziehungsweise eines NOCH-NICHTS, dessen Ausformung hinein in das künftige JETZT keiner kennt und dessen Umwandlung vom NICHTS in das irgendwann einmal stattfindende JETZT vielleicht überhaupt nicht mehr erlebt wird.
Rosalinde fragte sich bei dieser Gelegenheit oft, wann leben sie eigentlich, wann leben sie wirklich. Aber alle

behaupten sie von sich, sie seien glücklich und benutzen dazu das englische Wort *happy*, um nicht in die Verlegenheit zu kommen, definieren zu müssen, was sie nun unter Glück und glücklichem Sein verstehen.
Als Rosalinde in ihrem namenlosen Hosenrock, ihrem namenlosen T-Shirt und der ebenfalls namenlosen Schärpe hereinkam, versagten ihr fast die Beine, denn ein Teil der Gespräche verstummte, und anstatt gar nicht wahrgenommen zu werden, wurde sie mit unverhohlener Bewunderung und ebenso unverhohlenem Neid betrachtet.
Selbst Spinnebückel, der sich in der Nähe des Eingangs postiert hatte, um wie immer die Lage zu überblicken, straffte sich und sah mäßig entgeistert aus.
Er hatte einen, wie Rosalinde später sagte, wahren Gesichtsausdruck, nicht vernebelt durch heuchlerische Förmlichkeit – wenn auch nur für Sekunden.
Auf keinen Fall stehenbleiben, flüsterte Rosalinde sich wortlos zu, und ihre Kapseln verhalfen ihr zu einem weiteren Schritt auf jemanden mit Tablett und daraufstehenden Gläsern. Sie hätte nicht sagen können, ob dieser Jemand ein Mann oder eine Frau gewesen war, sie sah nur die Gläser auf dem Tablett, teils mit Sekt, teils mit Orangensaft, teils mit der üblichen Mischung aus beidem, sah diese kühlen zerbrechlichen Gegenstände, die ihr stark genug schienen, jedenfalls weitaus stärker als sie selbst, um sich daran festhalten zu können. Sie fragte noch, worin nur Orangensaft sei, und umschloß dann solch ein eisgekühltes Glas dankbar mit ihren beiden Händen.
Danach ging es Rosalinde schon besser, immerhin soweit besser, daß ihr das Glas nicht vor Entsetzen aus der Hand fiel, als sie Spinnebückels Stimme dicht neben sich hörte.
„Das war ein gekonnter Auftritt, Rosalinde, eine ausgesprochene Werbung für das Geschäft, wenn auch Ihre Kleidung nicht von uns ist, aber blendend sehen Sie aus."
Ehe Rosalinde antworten konnte, wurden auf Silbertabletts belegte Toastscheiben-Teile herumgetragen und angeboten – ganz exquisit, versteht sich. Nicht etwa mit Scheiben von hartgekochten Eiern belegt und mit einem Mayonnaiseklecks garniert, auch nicht Schinkenröllchen ausgestopft

mit Spargelspitzen aus der Dose, die danach schmeckten. Das aß man zu solchen Anlässen schon lange nicht mehr, das hatte man gegessen, als man noch Hunger hatte und sich noch gelegentlich oder auch öfter nur mit Margarinebrot begnügen mußte.
Jetzt waren alle satt, Schinken, Toast, Butter, Eier, Brötchen konnte man sich täglich leisten, alle waren satt, und viele kämpften mit ihrem Gewicht, und man konnte es sich leisten, wenig zu essen. Dann aber vom Allerbesten. Lachs, Hummer, Trüffel, Parmaschinken, all diese Dinge, die schmecken müssen, weil sie sündhaft teuer sind, selbst wenn dabei so mancher von einem Leberwurstbrot träumt, gesättigt vom Überfluß, eingehüllt in den Gedanken, es macht keinen Hungernden satt, wenn ich nichts esse, so platt und einfach ist das.
Rosalinde nutzte die Zeit, sich umzusehen, wie die silbernen Tabletts abgeräumt wurden, wie die Toastleins in Mündern verschwanden.
Danach wurde in einer kleinen Modenschau die neue Kollektion gezeigt – die Stoffe edel, die Pullover aus Kaschmir und Blusen aus weich fließender Seide.
Als zum Schluß ein dreiviertellanges, enges, um den sehr tiefen Ausschnitt mit Pailletten besticktes Abendkleid vorgeführt wurde, hörte Rosalinde die Stimme dieses Spinnebückel, dem sie erfolgreich entflohen zu sein geglaubt hatte, neben sich.
„Wäre das nicht etwas für Sie, ich wüßte keine Frau, der es so gut stehen würde wie Ihnen", sagte er wie nebenher.
Rosalinde brannten die Haarwurzeln bei dem Gedanken, daß Spinnebückel offenbar ihre Figur genau und eingehend betrachtet hatte, und sie kam sich vor, als stünde sie nackt vor ihm, zur Begutachtung wie eine schlachtreife Gans.
Im gleichen Augenblick wurde sie jedoch von ihrer Sprachlosigkeit abgelenkt, denn sie hörte ihre Chefin sagen: „Ach, Frau Spinnebückel, es ist schön, daß Sie auch einmal kommen konnten."
Frau Spinnebückel – Rosalinde erstarrte bei dem Gedanken, daß es zu diesem Spinnebückel noch ein Pendant

geben sollte und drehte sich in Richtung der Stimme, die jetzt antwortete.
„Leider ist in meiner Größe nichts dabei. Schade, aber nach fünf Kindern ..."
Rosalinde traute ihren Augen nicht. Sie stellte ihr leeres Glas auf einem der vorbeischwebenden Tabletts ab und lachte leise vor sich hin – ein Lachen, das sie nicht hätte aufhalten können und das sich dann auch noch selbständig zu machen schien. Frau Spinnebückel stand wirklich da, leibhaftig und gut sichtbar, und Rosalinde glaubte kaum, was ihre Augen als wahr signalisierten.
Rosalinde sah fast sich selbst, sah all die Jahre, in denen sie dem Spott eines jeden, der Lust dazu hatte, ausgeliefert, viel zu übergewichtig durch ihr Leben gewatschelt war. Da stand sie nun, die Ehefrau des Herrn Spinnebükkel, zwar nicht so dick, wie Rosalinde gewesen war, aber dieses schwarze Ungetüm aus Chiffon, welches sie trug, gab ihr geradezu unglaubliche Ausmaße.
Das Gesicht lächelte in viele runde Falten gelegt freundlich, der runde Kopf war bedeckt mit einem Frisurgebilde, das sich offenbar nicht bändigen ließ und um den Kopf herumstand wie ein Haufen angegrautes Stroh, und sie sah bei all dem weder dumm noch einfältig aus, vielmehr war an ihrem Gesicht und an ihrer Haltung eine nahezu unbändige Lebenskraft abzulesen – ein Mensch, an den man sich anlehnen konnte.
O nein, dachte Rosalinde, das darf nicht wahr sein, Spinnebückel ist ein richtiger Mensch und hat noch dazu eine Frau, die Geborgenheit ausstrahlt, und fünf Kinder – sieben Mal Spinnebückel.
Rosalinde gluckste vor sich hin und stellte plötzlich fest, daß Spinnebückel noch immer neben ihr stand und sie zu allem Unglück auch noch ansah.
Fast gleichzeitig, als Rosalinde zu einer Erklärung ansetzen wollte, spürte sie seine Hand an ihrem Ellbogen, und mit den Worten: „Kommen Sie, wir gehen", schob er sie förmlich aus dem Geschäft.
„Mein Auto, die Leute", begann Rosalinde noch zu stottern, und etwas anderes oder mehr fiel ihr nicht ein.

„Wir nehmen mein Auto, ich rufe dann im Geschäft an und sage, Ihnen ist übel geworden wegen der Hitze, und ich habe Sie nach Hause gebracht", erwiderte Spinnebückel und sah geradeaus.
Rosalinde sagte nichts mehr. Eine undefinierbare Angst stieg in ihr hoch, jetzt würde sich Spinnebückel rächen, ich dumme Gans, es kann mir doch egal sein, wie seine Frau aussieht, jetzt nimmt er Rache und morgen, ach was, heute abend sitze ich auf der Straße.
Irgendwann, nach einer minutenlangen Ewigkeit, in der jede Sekunde langsam und schwerfällig zu Boden krachte, in der die Angst in ihr auf- und abwallte, die Beine zitterten und ihr Rücken durchzubrechen drohte, saß sie endlich neben Spinnebückel im Auto – wenigstens sitzen können.
„Wo wohnen Sie?"
Rosalinde sagte folgsam ihre Adresse, und Spinnebückel fuhr los.
Er fuhr sicher, den Blick konzentriert geradeaus. Rosalinde wagte kaum, sein Profil anzusehen, sah aber seine Hände, und trotz aller Aufregung stellte sie fest, daß er schöne, schmale Hände hatte, daß sie niemals vorher auf diese Hände geachtet haben konnte.
Schöne Hände hatten sie immer fasziniert, und sie versank in die Betrachtung dieser Hände und spürte ihre Angst schon fast nicht mehr.
Spinnebückel hat wunderschöne Hände, dachte sie immer wieder überrascht, denn bisher hatte er nur aus Gesicht, Augen und Stimme bestanden, das eine hatte auf sie so unangenehm gewirkt wie das andere.
Als Spinnebückel das Auto vor ihrer Haustür angehalten hatte, blieben sie einen Augenblick schweigend sitzen, bis Spinnebückel sagte: „Lassen Sie uns reden."
Danach stieg er aus, ohne ihre Antwort abzuwarten und ging auf ihre Haustür zu, wo er wartete, bis Rosalinde aufgeschlossen hatte und sie beide hoch in ihre Wohnung gehen konnten.
In ihrem Wohnzimmer mit der hinterlassenen Unordnung, die jetzt Rosalinde mit zusätzlichem Entsetzen feststellte, setzte Spinnebückel sich in den Ohrensessel, jedoch erst,

nachdem er ihren Bademantel sorgfältig über die Lehne gelegt hatte, und fragte nach einem Cognac.
„Ich habe keinen Alkohol im Haus, ich trinke auch keinen Alkohol", erwiderte Rosalinde fast unwirsch und setzte sich ihm gegenüber auf die Couch, gleichzeitig mit möglichst unauffälligen Bewegungen die Zeitung, die Tasse und ein Taschentuch beiseite schiebend.
Sie wagte nicht, ihn anzusehen und fühlte seinen Blick auf sich ruhen, dessen Anblick sie aber vermied und angestrengt aus dem Fenster sah, als könnte die Dunkelheit davor oder dahinter neue Erkenntnisse bringen.
Rosalinde wartete, irgendwann muß er doch anfangen, von ganz oben nach ganz unten, mir, ohne mich zu Wort kommen zu lassen, zu erklären, daß mein Benehmen unmöglich war und die entsprechenden Folgen haben werde. Und diese Worte von ganz oben nach ganz unten werden mich wie auf einer Rutschbahn auf die Straße gleiten lassen, wo ich dann sitzenbleiben werde, denn niemand wird mir mein Lachen je verzeihen. Tränen ja, aber Lachen ist unverzeihlich, wenn es nicht erwartet oder gewünscht wird, einfach lachen ist schlimmer, als sich betrinken.
Aber Spinnebückel sprach nicht, weder von oben nach unten, noch geradeaus, er schwieg. Und damit wenigstens ein paar Worte diese abwartende und zugleich gespannte Stille unterbrachen, bot Rosalinde ihm einen heißen Kaffee an, dies habe die gleiche wärmende Wirkung wie ein Cognac, erklärte sie überflüssigerweise dazu. „Was rede ich für einen Blödsinn."
Auf jeden Fall hatte sie einen Grund aufzustehen und diesen Raum, in welchem die ungesagten Vorwürfe sich auf ihrer Haut wie Ausschlag auszubreiten begannen, zu verlassen.
Das dachte Spinnebückel offenbar auch, er nutzte diesen Vorwand ebenso und folgte ihr in die Küche. Als der Kaffee-Automat endlich eingeschaltet war und Rosalinde sich umdrehte, um leider in den Raum ihrer Exekution zurückkehren zu müssen, prallte sie auf Spinnebückel, der hinter ihr stehengeblieben war.

Rosalinde griff unwillkürlich an seine Schultern, und Spinnebückel, völlig in Gedanken, breitete die Arme aus, umschloß Rosalinde und drückte sie an sich, als habe er viel zu lange auf sie gewartet, als habe er Rosalinde lange entbehren müssen und genieße es, sie endlich wieder in seinen Armen halten zu dürfen.
Er vergrub sein Gesicht in ihren Haaren, und Rosalinde ließ es geschehen, als wäre dies das selbstverständliche Ergebnis eines langen, schmerzhaften Weges des Aufeinanderzugehens, des endlich sich Aneinanderfesthaltens.
Rosalinde stand ruhig in seinen Armen, dachte an diese vorher nie bemerkten, wunderschönen Hände auf ihrem Rücken und spürte sein Gesicht durch ihre Haare hindurch an ihrem Hals. Spinnebückel, etwas kleiner als Rosalinde und nicht mehr ganz so schlank, hielt sie fest, gab ihr Halt und das beruhigende Gefühl von Sicherheit.
Als Spinnebückel irgendwann den Kopf hob, sprachen sie kein Wort, sie sprachen auch nichts, als sie, sich aneinander festhaltend, in Rosalindes Schlafzimmer gingen, sie sprachen auch nichts, als sie sich gegenüberstanden und mit fast unwirklich tiefem Ernst ansahen, lange betrachteten und erstaunt darüber zu sein schienen, was sie sahen. Und sie hatten auch noch kein Wort gesprochen, als Rosalinde ihre Seele, ihre Ängste und all ihre Gedanken fallenließ, als sie Spinnebückels wunderschöne Hände auf ihrer Haut spürte, als sie endlich einmal aufhören konnte zu denken, als sie endlich aufhörte, nach ihren Ängsten zu fragen, aufhörte, nach Worten zu suchen, als sie, von ihren Gefühlen überwältigt, in eine für sie bis dahin unbekannte Welt eintauchte.

11

Das war es also, dieses Damals.
Manchmal, gerade in den letzten Wochen, da wache ich ganz früh morgens, wenn alles noch in dem Übergang von dunkel zu hell verschwimmt, auf, ich wache auf von einem dieser sich immer wiederholenden Träume. Manchmal träume ich, daß ich mehrere trockene Kekse in den Mund geschoben bekommen habe, die ich weder kauen noch schlucken kann, und nirgends kann ich, so verzweifelt wie ich auch suche, etwas Flüssigkeit finden. Diese Kekse werden immer trockener, denn meine eigene Flüssigkeit brauche ich für meine Tränen, mit denen ich um Hilfe bettle, und gleichzeitig bekomme ich das Gefühl, an diesen Keksen zu ersticken. Ich versuche, mit letzter Kraft zu schreien, aber ein schwerer Stein auf meiner Brust nimmt mir die Luft dazu, und langsam, ganz langsam beginne ich zu ersticken. Dabei wache ich auf, und mit weit aufgerissenem Mund sauge ich gierig soviel Luft wie möglich ein, bevor ich meine verklebten Augen öffnen und erleichtert feststellen kann, daß es wieder nur der Traum war, in welchem ich begonnen habe, zu sterben – immer wieder. Und immer dann, wenn ich dankbar festgestellt habe, daß nicht Totenstille um mich herrscht, sondern der Lärm des Straßenverkehrs zu mir heraufdröhnt, dann fällt mir dieser schreckliche Sonntag vor Jahren ein, als ich mit hämmerndem Kopf aufgewacht bin und wieder einmal nicht mehr wußte, wie ich in der Nacht mein Bett erreicht hatte.
Wenn ich an diesen Zustand denke, dann überfällt mich noch ein Grauen, das Grauen vor den Erinnerungslücken, das Grauen vor der nicht beantwortbaren Frage, was habe ich getan in der Zeit, die aus meinem Gedächtnis gewischt worden ist.
Wenn mir jemand an einem Morgen nach einer Nacht mit dieser Lücke gesagt hätte, daß ich jemanden umgebracht habe, dann hätte ich das glauben müssen. Trinken ist vergessen. Ja, das habe ich oft gedacht, und das war

auch so, jedenfalls färbte sich zunächst alles in ein mildes Licht, Grundsätze lösten sich auf, und alles in allem war das Leben nicht so schlimm, denn schließlich war ich ja auch kein Niemand.
Oftmals, wenn die Konturen in meinem Gedächtnis begannen, sich aufzulösen, wenn es da keine Schärfen mehr gab, dann begann ich mich ganz gelöst zu unterhalten. Und wer saß da alles plötzlich in Tantes schweren, leeren Sesseln, und ich wurde bewundert, und mit leichter Zunge erzählte ich, wie ich alles schaffe, wie selbstverständlich es für mich ist, den Dingen keine Bedeutung beizumessen, auch wenn sie mich stören. Ich erzählte von Tante, humorvoll nahm ich dabei ihre Gemeinheiten als Schwächen auf den Arm und erzählte die erstaunlichsten Geschichten, wie ich sie doch immer wieder überlistet habe, denn sie war nun einmal von altertümlicher Tradition und Pflichtbewußtsein, wogegen man eben nichts machen konnte, man muß die Dinge so nehmen, wie sie sind, nicht wahr?
Zwischendurch nippte ich immer wieder elegant an meinem Glas und merkte gar nicht, wie ich immer besoffener wurde, nein, ich merkte nichts, ich unterhielt mich mit meinen Gästen, war der geliebte Mittelpunkt, kannte das Wort Angst nicht und wünschte, der Abend, die Nacht würde nie vorübergehen.
Ich war einfach blendend, bis der Faden riß und ich am anderen Morgen nicht wußte und dies auch nie feststellen konnte, wie ich irgendwann ins Bett gefunden hatte. Dafür hämmerte mein Kopf, und alle meine Ängste grinsten mich mit der Unverfrorenheit an, die sie nur einem vollständig hilflosen Berg Mensch entgegenhalten, und schlugen dann erbarmungslos zu.
War es die Angst, war es der Alkohol, jedenfalls mußte ich, wenn ich mich endlich in die Küche geschleppt und mir einen Kaffee gebrüht hatte, die Tasse mit beiden Händen umklammern, weil sie sonst aus meinen zitternden Fingern gefallen wäre.
Mein Kopf dröhnte und wollte nicht aufhören, mir wie mit einem Preßlufthammer klar zu machen, daß ich wieder einmal viel zuviel getrunken hatte. Wenn dann auch noch

mein Mangen rebellierte und ich den Kaffee und was sonst auch immer erbrochen hatte, dann saß ich schweißgebadet auf dem Fußboden neben der Toilette und schwor mir: nie wieder.
Wie oft hatte ich mir das geschworen, und wie oft hatte ich diesen Schwur gebrochen. Immer dann, wenn es auf den Abend zuging, die Kopfschmerzen nachgelassen hatten, dann begann mein meineidiges Ich darüber zu sinnieren, daß ich ja schließlich nicht ganz abstinent zu leben brauche. Irgendwann fing ich an, die Bierflaschen zu zählen, die da schon leer herumstanden, aber das deprimierte mich sehr, und ich kam bei meinen Gesprächen nicht so recht in Gang und fand auch so nichts in meinem Leben, für das ich im Zentrum der Bewunderung hätte stehen können. Dann schlug meine Stimmung um in ein Gefühl der grenzenlosen Verlassenheit, meine Gäste hatten mich auch schon schnöde im Stich gelassen, und ich war allein mit der Erkenntnis, und all meine Tränen schluckte ich dann mit einer weiteren Flasche hinunter und hörte auf zu zählen – und dann, dann riß mir der Faden. Der nächste Morgen brachte auch nichts anderes als die vielen, vielen sich immer wiederholenden Morgen vorher, nur zusätzlich vom Weinen verschwollene Augen.

Und dann kam dieser Sonntag – dieser Sonntag, der kommen mußte, sollte es für mich noch jemals eine Rettung geben. Und wenn ich daran denke, daß es gerade diese Unordnung und der vollgepinkelte Sessel gewesen ist, obwohl ich Tantes Ordnung doch immer so gehaßt, aber gewissenhaft nachgeäfft hatte, dann ist das schon merkwürdig, daß es das war, was mich zu solch einem endgültigen Entschluß hat kommen lassen.
Denn daß Alkohol keine Probleme löst, das wußte ich längst und bekam diese Erkenntnis auch jeden Morgen danach geliefert. Ich glaube, gefährlich war für mich meine gelöste Stimmung, meine unsichtbaren Gäste, zu denen ich locker sprach und dazu den leeren Sesseln mein schönstes Lächeln schenkte. Ja, diese Hochstim-

mung habe ich nie vergessen, und der Alkohol war die Tür zu dieser anderen, heiteren Welt, komme danach was wolle.
Ich glaube, an diesem Sonntag fand ich neben der Unordnung auch diese andere Welt zertrümmert, sie stank nur noch nach abgestandenem Bier, oder war es Wein, jedenfalls offenbarte sich meine Traumwelt als das, was sie gewesen war – ein Trümmerhaufen meiner Phantasie.
Wie eine Rasende habe ich alle noch vollen oder auch halbvollen Flaschen in den Ausguß geschüttet und hätte am liebsten die leeren Flaschen aus dem Fenster geworfen, nie wieder erfundene Gespräche mit Leuten, die dich verachten, an dir gibt es nichts zu bewundern, begreif das endlich, und nie wieder besinnungslos ins Bett fallen, das ist dir ab jetzt nur noch bei hohem Fieber erlaubt, begreif das endlich – und ich habe das begriffen.
Was ich allerdings nicht weiß: warum habe ich an jenem Sonntag gegen mein damaliges Ich noch zusätzlich auf diesen Zettel, von dem ich auch nicht weiß, wo er geblieben ist, geschrieben: „Und so fett bleibe ich auch nicht."
Ich habe darüber schon lange, immer wieder und viel nachgedacht und kann keine, mich nur annähernd überzeugende Antwort finden – ich kann nicht herausfinden, was mich dazu bewogen haben mag.
Sicher, Tante wollte ich loswerden, so wie diese Tanten-Wirklichkeit auch immer mehr verschwunden ist, je mehr ich getrunken hatte. Aber andererseits, Tante lebte schon lange nicht mehr, jedenfalls nicht in Wirklichkeit. Sicher ist aber auch, daß sie in mir weiterlebte, ich die Erinnerung an sie nicht wegschieben konnte, ihre Stimme, ihren Worten noch immer zuhörte, Worten, die sich mir in das Gedächtnis eingefräst hatten, und immer dann, wenn ich mich sicher wähnte, waren sie plötzlich wieder da, so wie man einen Lichtschalter betätigt, und schon brannte die Lampe. Schon brannten die Worte: „Dich habe ich nicht gewollt, geh in dein Zimmer und verreck, friß nicht so viel, du hast einen Hintern wie eine Kuh", schon brannte mir ihr Lachen auf der Haut, dieses Lachen, wenn sie sich über mich lustig machte.

Diesen Lichtschalter konnte ich nicht erreichen, aber versuchen, die Birne in der Lampe kaputtzuschlagen – den Versuch konnte ich machen.
Eine Vorstellung, in der Hoffnungslosigkeit noch Hoffnung zu finden.
War es daher die Hoffnung, daß mit den vergehenden Pfunden auch die Erinnerung an Tante davonschwimmen würde?
War es die Hoffnung, daß, wenn ich im Spiegel eine ganz andere Person sehe als die mir so sehr gut bekannte Rosalinde, ich dann vergessen kann, daß auch an dieser Rosalinde Tantes Bedrohlichkeit klebenbleiben wird und jeder Versuch, dies zu beseitigen, auf jeden Fall zu einem Fehlschlag gerät?
Eine sehr trügerische Hoffnung – eine Trunkenheitslaune kann es jedenfalls nicht gewesen sein, denn sonst wäre ich nicht so konsequent geblieben.
Ich fürchte allerdings, daß dieser Entschluß sehr viel damit zu tun hatte, daß ich mich in die von Tante immer gewünschte, reibungslos funktionierende Perfektion verwandeln wollte, um vor meinem schlechten Gewissen und Tantes dröhnenden Worten sicher zu sein – für alle Zukunft. Was konnte sie mir denn schon, wenn ich genau zu dem wurde, wie sie mich immer hatte haben wollen.

12

Untätig sitze ich hier, unfähig, mich oder meine Gedanken wegzubewegen, zu entfernen von dem, was sich immer wieder erinnern und damit quälen heißt.

Erinnerungen an Demütigungen und haßerfüllte Reden, Verhaltensweisen von Feiglingen, die nicht den Mut haben, den Körper zu töten und sich daher auf die Seele ihrer Opfer konzentrieren. Das sieht dann keiner.
Was hilft es mir da, wenn die Leute sagen, daß selbst bei einer leiblichen Mutter nicht die Liebe als Selbstverständlichkeit vorausgesetzt werden kann und wie wenig dann bei einer Tante, die nur sehr mißliebig die Verantwortung für ein kleines, dickes Mädchen übernommen hatte.
Es nützt mir überhaupt nichts, das heißt, mein Verstand sagt ja dazu und meine Seele befindet sich noch immer im Gefängnis. Diese Erkenntnis, daß Tante mich eben nicht geliebt hat und dazu auch durch nichts verpflichtet war, hat meiner Seele beileibe keine Flügel verliehen, so nach dem Motto: wenn sie mich nicht geliebt hat, dann bin ich ihr auch nichts schuldig. O nein, das hat mich meiner Freiheit keinen Schritt näher gebracht.
Freiheit – das ist für mich noch immer nur ein Wort. Ein Wort, das sich schön ausspricht, das sich sehr schön anhört. Das sich anhört wie die Geschichte von einem wunderschönen Ort, dessen Farben licht und sanft sind, und zurück bleibt Traurigkeit über die Gewißheit, daß ich diesen Ort doch nie erreichen werde.
Was ist das, dieses Leben, das mir irgendwann einmal von zwei Menschen gegeben wurde? Eine Laune, jetzt schaffen wir ein Kind; geschafft haben sie ein dickes Mädchen, und in ihrer Sorglosigkeit ahnten sie nicht, was sie damit anrichteten, oder es war ihnen schlichtweg gleichgültig.
Vielleicht haben sie sich geliebt, vielleicht haben sie auch das kleine dicke Kind geliebt, aber dann, dann haben sie sich davongestohlen und zurück blieb ich – bei Tante.
Ich war damals sehr vertrauensvoll, denn Tante lächelte und ging sonntags in die Kirche und hielt sich schon deswegen für einen sehr viel besseren Menschen.
Vielleicht aber war es auch so gewesen, daß ich von vornherein dazu bestimmt war, Tantes Lebensinhalt zu werden, um den ihre gehässigen Gedanken kreisen konnten. So konnte man vielleicht verhindern, daß sie Schlimmeres an-

richten würde, als wenn sie so ohne Ventil, ohne dicke, fette Rosalinde blieb.

Aber, so frage ich mich, was hätte sie Schlimmeres anrichten können, wen hätte sie sonst noch quälen können, einen Hund hätte sie sich sowieso nie angeschafft.

Oh, ich weiß, das klingt alles sehr undankbar, und all das gibt Tante im nachhinein recht, wenn sie damals, als Onkel noch lebte, zu ihm, so als Art eheliches Gute-Nacht-Lied sagte: „Die-da ist undankbar, gefräßig und dumm."

Ich höre, wie man mir vorhalten kann: Sei doch froh, daß du nicht in ein Heim gekommen bist, denn Tante hätte schließlich auch nein sagen können, niemand hätte sie zwingen können, dich bei sich aufzunehmen. Außerdem, Tante hätte dich auch mißhandeln können. Viele Kinder werden täglich mißhandelt, körperlich so schwer mißhandelt, daß sie daran sterben, an einem selbstverschuldeten Treppensturz, versteht sich.

Immerhin hat Tante dich nicht mehr und nicht weniger geschlagen, als zu ihrer Zeit das üblich war, da machte man keine langen Worte. Und außerdem, von bösen Reden, mögen sie noch so bedrohlich klingen, bekommt man schließlich keine blauen Flecke und Striemen auf der Haut.

Aber, so wehre ich mich, die Seele bekommt Striemen, und wenn die Haut wieder geheilt ist, dann sind diese Striemen weg. Die Seele heilt nicht.

Und sagt mir nicht, ich sei nachtragend.

Sagt mir nicht, ich sollte doch endlich vergessen.

Sagt mir nicht, die Zeit heilt alle Wunden.

Sagt es mir nicht, mit mir ist zu reden, nicht aber mit meiner Seele.

Denn als ich vor vielen Jahren an einem wunderschönen Sommertag bei offenem Fenster, durch das ein feiner Blütenduft gezogen kam, mit Tante am Tisch saß, um zu Mittag zu essen, da hatte sie eine wunderbare Laune.

Wirklich, sie lächelte und sagte sogar mein Kind zu mir und ich, ich wähnte mich schon in Sicherheit für den Rest des Tages.

Es gab wunderbare Kalbsleber, und Tante legte sich eine mild lichtbraun gebratene Scheibe auf den Teller und begann, noch immer freundlich lächelnd und freundlich mit mir sprechend, diese Leberscheibe zu zerschneiden. Ich saß da und konnte mich plötzlich vor Entsetzen nicht bewegen, konnte meinen Kartoffelpüree nicht schlucken, er klebte mir die Zunge an den Gaumen, mir brach der Schweiß aus, das Messer fiel mir aus der schweißnassen Hand, und ich starrte wie gebannt auf Tantes Teller. Starrte, wie sie dieses wunderbare Stück Leber lachend zerschnitt, und wußte genau, es ist meine Seele, die sie sich da in mundgerechte Stücke schnitt, und gleich würde sie meine Seele aufessen.

Ich weiß sehr gut, daß es nicht meine Seele war, die sie da auf ihrem Teller liegen hatte, denn meine Seele habe ich noch, zerschnitten in mundgerechte Stücke.

Und wie sie funktioniert, diese Seele – seht mich doch an!

Bin ich nicht perfekt?

Habt ihr Schwierigkeiten mit mir, belästige ich jemanden, bitte ich um Hilfe, bin ich nicht ein schöner, ästhetischer Anblick?

Ich bin schön, ich bin unterhaltsam, o ja, das Vokabular habe ich gut gelernt, die Vokabeln, die Grammatik, ein bißchen Witz, ein bißchen Humor, ein wenig Literatur, etwas Musik – im zweiten Satz waren die Celli etwas laut –, klingt gut, nicht wahr, und außerordentlich kompetent, etwas Politik, genau richtig dosiert. Ich sage nicht: „Ich meine", ich sage: „Ich würde sagen" und trete so keinem auf die Füße, nehme nicht wirklich Stellung. Mode, Reisen, Parfum, Klatsch, ich habe alles gewissenhaft gelernt, ich falle nicht aus der Rolle. Ich kenne die Trends, ernähre mich gesund, parke nicht falsch und zanke nicht mit meinen Nachbarn.

Bin ich nicht angenehm, habe ich nicht Idealgewicht, bin ich nicht das Leichtgewicht, leichter zu ertragen als eine Stubenfliege und noch schneller zu vergessen?

So sagt doch schon endlich, wie gut es war, daß ich auf Tante getroffen bin, wie außerordentlich gut ihr Einfluß auf mich war, denn sonst –

Was wäre aus dir geworden, Rosalinde?

Wahrscheinlich würdest du jetzt noch immer betrunken oder schon senil, sicher aber sehr übergewichtig durch das Leben schlurfen und deine Kuren gegen deine Herzkrankheiten, gegen Gicht und Rheuma, Krampfadern und Kurzatmigkeit würden die Krankenkassen belasten, das aber, liebe Rosalinde, wäre ein Vergehen gegen die Solidargemeinschaft. Und wenn du jetzt noch das Rauchen aufgeben würdest, dann hättest du das Ideal der Selbstverwirklichung eines zivilisierten Menschen erreicht.
Sagt es doch schon – ich glaube alles, und ich gelobe auch, mit meiner Seele zu reden, ihr zu sagen, daß sie schlicht zu anspruchsvoll ist.
Gut, ich werde mit ihr reden. Ich weiß, daß ich zu ihr reden kann, aber sie hört mir nicht zu.
Sie hat sich geschunden und mißhandelt irgendwann einmal zurückgezogen aus meinem Leben und meldet sich nur, wenn sie Angst hat. Angst vor weiteren Verletzungen, Angst, an einem neuen Schnitt zu sterben. Und Angst hat sie oft.
Und immer dann, wenn sie Angst hat, dann schiebt sie mir eine oder mehrere Erinnerungen in das Gedächtnis, und dazu das Bild von Tante.
Und so sagt mir schon, wie ungerecht und wie nachtragend ich bin, denn immerhin, liebe Rosalinde, hat sie dir eine schuldenfreie Wohnung hinterlassen.
O ja, das beeindruckt ... mich auch ... sehr. Und das ist kein Hohn, das ist kein böser Spott, es hat mich wirklich sehr beeindruckt, und warum, habe ich mich gefragt, warum in Himmels Namen hat sie nicht all das viele Geld umgesetzt in Liebe?
Glaubt jemand allen Ernstes, ihre Gemeinheiten wären besser oder leichter zu ertragen gewesen mit der Aussicht auf eine eigene, schuldenfreie Wohnung in ein paar Jahrzehnten?
Meint ihr, ich hätte mit dieser Aussicht auch nur eine Träne weniger geweint und hätte auch nur ein einziges Mal weniger gesagt, ich wünschte, ich wäre tot?
Ich weiß genau, ich hätte es auch anders haben können, schön in ihrem Sinn, wenn ich genau so, wie sie sich das

vorgestellt hat, funktioniert hätte. Immer: Ja, Tante; nie zerrissene Strümpfe, immer hilfsbereit zu jeder Tageszeit und an jedem Tag und immer ihre Meinung teilen, immer genau das machen, was sie will. O ja, ich glaube schon, dann wäre sie sehr friedlich gewesen.
Dann hätte sie mir eines Tages einen ihrer Hüte aufgesetzt, und sie wäre stolz gewesen auf ihr Abbild, das sie sich da geschaffen hatte.
Manchmal habe ich das ehrlich, wirklich und wahrhaftig versucht, aber glaubt mir, ich konnte nicht immer nur funktionieren, und bei aller Angst vor ihren bösen Reden, Drohungen, Schimpfworten und Schlägen, das Nein kam mir wie selbständig gemacht aus dem Mund gestolpert, und ich tat, wann es ging, was ich wollte, sagte, was ich meinte oder schwieg einfach, auch mit der Angst in den Gliedern, daß sie gleich explodieren werde.
Wenn du das konntest, dann ist aber nicht zu verstehen, warum du nicht auch später stabiler warst, was sollte dann der Alkohol, und was sollen die Tabletten, werdet ihr sagen, oder warst du einfach nur undankbar?
Ich glaube, ich hatte zu Hause – ein merkwürdiges Wort für diese Art von Gefängnis – meine ganze Kraft verbraucht. Sobald ich das Haus verließ, und sobald Tante nicht mehr lebte, schüttelte mich nur noch die Angst vor dem, was man Leben nennt. Denn ich hatte niemanden, der Tantes Tiraden, der ihre massiven Forderungen etwa durch Liebe ausgeglichen hätte, ich hatte niemanden, zu dem ich mich hätte flüchten und bei dem ich mich hätte in Sicherheit fühlen können.
Und ich hatte Angst vor den Menschen, sie waren für mich ebenso bedrohlich wie Tante, jedenfalls wirkten sie so.

Damals habe ich immer von einer Welt für mich allein geträumt. Ein Haus ganz allein, ringsum Felder, Wälder und ein riesiger See mit einem Bootssteg und viel Schilf am Ufer. Und Tiere waren da – Schafe, Hunde und Pferde –, aber nicht ein einziger Mensch.

Das Haus hatte nur einen großen Raum, in welchem ich kochte, aß, schlief oder in einem großen karierten Sessel vor dem Kaminfeuer saß und las. Neben mir meine Hunde – es waren zwei oder drei, so genau weiß ich das nicht mehr –, ach ja, mehrere Katzen hatte ich auch.
Ich habe mir jede Jahreszeit erträumt, ich habe es Winter werden lassen, daß der See zufror und ich mit meinen Hunden über das Eis gehen konnte.
Ich habe es Frühling werden lassen, habe zugesehen, wie die Bäume und Sträucher Blätter bekamen und habe mit den Fingerspitzen ganz sanft über die winzigen, weichen, zartgrünen Blattspitzen gestrichen.
Ich habe es Sommer werden lassen, schöne heiße Sommer, in welchen die Luft flirrend über den Feldern steht und sich irgendwann in einem mächtigen Gewitter entlädt.
Und ich habe es Herbst werden lassen und gewartet, bis alle Wege dicht mit dem von den Bäumen abgefallenen Laub bedeckt waren und bin stundenlang mit meinen Tieren durch dieses Laub gewatet.
Kein Mensch war da, es kam auch nie jemand, und ich fühlte mich glücklich.
Fragt mich nicht so etwas Profanes wie, wovon ich gelebt habe.
Ich habe nicht gelebt, ich habe geträumt, und in diesem Traum kam die Welt, so wie sie ist, eben nicht vor. Aber der Traum hatte mir gutgetan, stundenlang konnte ich im Bett liegen oder auf einer Bank sitzen und diesen Traum träumen, mich hineinflüchten in eine Welt, in der nichts so war, wie in meinem wirklichen Leben.
Aber irgendwann half dieser Traum nicht mehr – ich konnte mich nicht mehr zurückziehen in diese eigene ungestörte Welt, ich hatte nur noch mich und meine Angst.
Dann begann eine andere Zeit der Flucht. Ich meinte, Freunde zu haben, immer einen nach dem anderen, und einer nach dem anderen verließ mich dann auch recht bald. Sie waren meiner überdrüssig, meiner Angst, meiner Tränen, meiner Ansprüche nach Zuhören, ach komm

schon, sei lustig, jeder hat doch seine Sorgen, und verschwanden irgendwann.
Im Nachhinein besehen – recht hatten sie. Ich war wirklich zu anspruchsvoll, und sie waren so gesund, konnten immer feiern, auch wenn es nichts zu feiern gab und waren automatisch blind und taub, wenn es etwas zu sehen oder zu hören gab, was sie hätte belasten können, außer der Frage natürlich, wie man am schnellsten einen Haufen Geld verdienen kann.

Ach ja, und dann, natürlich war es mein Aussehen, diese Massen, die ich mit mir herumschleppte.
Aber da fällt mir ein: an dem Montag nach diesem unvergeßlichen Sonntag, da stand ich vor dem Spiegel und fragte mich, wie meine Augen wohl aussehen würden, wenn das Gesicht nicht mehr so dicke Backen hätte, wie überhaupt mein Gesicht aussehen würde, wenn es nicht mehr mit soviel Fleisch bestückt wäre, und ob ich jemals einen schlanken Hals haben würde, und wie es sein würde, wenn sich das Schlüsselbein unter dem Hals deutlich abzeichnen würde und in der Mitte dazwischen eine Kuhle wäre.
Ich glaube, zum ersten Mal in meinem Leben war ich neugierig auf mich, auf das, was sich unter den Massen herausbilden würde, neugierig, als stünde ich vor einer verhangenen Statue, neugierig zu sehen, was darunter wohl zum Vorschein kommen würde.
Und mit dieser Neugier habe ich – und es war wirklich mühselig und oft zum Verzweifeln – diesen Vorhang weggezogen, diese Massen abgeschält, und es hat sehr lange gedauert.
Ich werde nie vergessen, wie ich meine Läufe am Fluß begonnen habe, denn weniger essen, das konnte ich noch ganz gut, aber das Laufen fiel schwer, wo ich laufen doch schon immer gehaßt hatte.
Aber ich hatte mir nun einmal gedacht, alles ginge schneller, wenn ich mich nur mehr bewegen würde.

O ja, es ging wirklich schnell, es dauerte nicht lange, da schleppte ich mich schon von einer Bank zur nächsten, und die Zeiten, die ich auf einer der Bänke saß, wurden immer länger als meine Gänge dahin.
Irgendwann mußte ich meine Schuhe ausziehen und saß auf der Bank und weinte. Da war ich doch sehr froh, daß die Leute mit der gewohnten Achtlosigkeit an mir vorbeigingen, ich war eben eine Dicke, die sich hochrot immer wieder den Schweiß aus dem Gesicht wischte.
Damals war ich sehr froh, daß niemand genau auf diese Dicke sah, die da allein mit hochrotem Kopf und ohne Schuhe, aber mit dunkelrot aufgeschwollenen Füßen saß. Sonst wäre vielleicht jemand auf den Gedanken gekommen, mich anzusprechen und das wäre das Letzte gewesen, was ich gebraucht hätte. Denn es wäre gekommen wie immer – bestenfalls ein mitleidiger Seitenblick auf meine Figur und ein resigniertes „na ja" mit der Bedeutung: „Nehmen Sie erst einmal gewaltig ab, dann werden Sie auch keine Schwierigkeiten mehr mit Ihren Füßen haben, denken Sie mal, was Sie alles schleppen müssen."
Als ob ich das nicht selber wüßte.
Denn diesen Blicken, manchmal auch einem hämischen Grinsen, war ich lange genug ausgesetzt gewesen, und glaubt nur nicht, ich hätte euer Getuschel: „Guck mal, ist die fett" nicht gehört.
Ich habe mich oft gefragt, weshalb man, wenn man nicht dem Schlankheitsideal entspricht, nicht nur Spott, sondern auch Ablehnung ausgesetzt ist.
Ich glaube euch nicht, daß jemals einer von euch Spöttern um meine Gesundheit besorgt gewesen wäre. Oder stammt diese Ablehnung noch aus der Zeit, als der Mensch als Jäger und Sammler durch die Wälder gezogen ist und dabei zwangsläufig schlank blieb, während nur die Häuptlinge, die zu Hause blieben, Fett ansetzen durften. Dick sein als ein Zeichen von Untätigkeit. Habt ihr Angst, die Dicken, die den Eindruck erwecken, nur faul herumzusitzen, miternähren zu müssen? Oder seht ihr darin einen Ausdruck von ungezügelter Hemmungslosigkeit, sich und seinen Hunger nicht beherrschen zu können oder mit

seinen Gefühlen nicht fertig werden zu können, und das alles wird mit viel zuviel Nahrung abgetötet. Hemmungslos, faul und unbeherrscht – ist es das Urteil, welches euch das Recht gibt, zu lachen oder anzüglich zu werden?
Ach ja, eines habe ich noch vergessen – es ist der Anblick, die Verletzung eures ästhetischen Bewußtseins, denn ein schlanker Körper sei nun einmal schöner als ein dicker. Was ist schön?
Jetzt, da ich selbst einen in eurem Sinne schönen Körper habe, da erlaube ich mir, auch euch schon immer Schlanke ebenfalls kritisch zu betrachten. Was für ein schöner Anblick, unter einem Minirock zwar dünne, aber dafür recht deutlich zu einem O geformte Beine zu sehen!
Was für ein Anblick, eine zwar schlanke Figur, die aber leider mit einem zu großen Gesäß ausgestattet worden ist, in enge Blue Jeans gezwängt zu sehen! Manchmal glaube ich, die wenigsten Menschen betrachten sich von hinten, aber nein, ich habe kein Recht, mich darüber zu mokieren und Maßstäbe zu setzen, was nun schön ist. Schön ist das, was demjenigen, der die Wahl hat, gefällt – nur die Dicken haben wohl keine Wahl.
Und wißt ihr Schlaumeier, was ihr bei all eurer Häme oder euren klugen Mahnungen über die dahinschwindende Gesundheit vergessen habt? Ihr laßt in den Schulen viele Fächer lehren, was sehr löblich ist – fast jeder kann lesen und schreiben –, aber wo bleibt das Fach Ernährung vom ersten Schuljahr an? Oder macht ihr lieber euer Geld mit teuren Diäten und Appetitzüglern?
Ich habe immer das gegessen, was ich zu Hause vorgesetzt bekommen habe, und Süßigkeiten gab es und gibt es in den Geschäften in Mengen zu kaufen, Himbeerbonbons mit Geschmacksverstärkern und Unmengen von Zucker so „verfeinert", daß eine echte Himbeere nur noch sauer und nach nichts schmeckt. Nein, nein, erzählt mir nicht, wir Dicken fressen einfach zuviel, denn soviel habe ich auf meiner langen Reise zur Schlankheit gelernt: das Richtige muß gegessen werden, es muß ausgewogen sein, dann regelt sich schon vieles von alleine, aber das geht nach der Devise, wer sich nicht selbst informiert, der ist

eben selber schuld. Aber genug der bösen Worte – verzeiht mir, ich habe zu lange gelitten und hatte so gar keine Chance, mich zu wehren und werde vielleicht auch ungerecht.
Da fällt mir noch mein erster Tennisschuhkauf für meinen Ehemann ohne eigene Zeit ein. Aber – und das freut mich noch heute – es war das letzte Mal, daß ich mich mit all meiner Fülle hinter einer Ausrede verstecken mußte, und ich nehme es der Verkäuferin auch nicht übel, daß sie mich so mitleidig ansah – von oben bis unten und von einer Breitseite zur anderen.
Später, bei meinen wirklichen Läufen am Fluß, da habe ich oft gedacht, ich hätte schon immer rennen sollen, mir alles von der Seele rennen, weglaufen aus dem Leben und wenn auch nur für eine kurze Zeit.
Dann, ich weiß nicht mehr wann, da war es soweit. Ich strich mit meinem Zeigefinger über das sich deutlich abhebende Schlüsselbein, besah mich im Spiegel und dachte, was hast du für große Ohren. Tatsächlich, es schien, als seien sie gewachsen, sogar mein Hals und meine Hände. Ich bestaunte meine Finger und fühlte mich äußerst erfolgreich, und ich gefiel mir. Mit diesem Hochgefühl stolzierte ich durch meine Wohnung und beschloß, auch ihr endlich Weite zu geben und nur das darin zu lassen, was ich wirklich brauche – und das war wenig, wie ich erstaunt feststellte.
Und danach begann ich, vor mir selbst davonzulaufen oder genauer gesagt, vor all den Fragen meines Ichs, auf die ich keine Antwort wußte.
Das klingt einfach nicht wahr – den Problemen davonlaufen. Aber glaubt nur nicht, ich hätte jemals in meinem Leben, so wie ich das bis dahin geführt hatte – warum benutze ich das Wort geführt, wenn ich mich immer nur gestoßen und geschoben gefühlt habe –, so einfach davonlaufen können.

13

Nach diesem schrecklichen Sonntag, dem zum Glück ein freier Montag folgte, wobei ich nicht mehr weiß, warum – war es vielleicht doch nicht Sommer, sondern Ostern oder Pfingsten und schon sehr heiß –, jedenfalls danach sah ich nur zwei Alternativen für mein Leben, sofern ich jemals ein eigenes Leben führen würde, zu welchem das Wort MEIN paßt.

Es war die Möglichkeit, diesem Nicht-Leben schlichtweg ein Ende zu setzen. Und soll jetzt keiner von euch Anständigen und Gerechten empört aufschreien, denn die Tatsache, daß wir nicht gefragt werden, ob und wann wir auf diese Welt kommen wollen, nimmt uns noch lange nicht das Recht, zu entscheiden, ob wir sie gegebenenfalls verlassen wollen, bevor der Tod von sich aus nach uns greift.

Diese erste Möglichkeit sah für mich auch sehr verlockend aus: mich in mein Auto zu setzen und gegen einen genügend dicken Baum zu fahren, dem es nichts oder zumindest kaum etwas ausgemacht hätte, daß sich an ihm und um ihn ein Auto zu Schrott und hundertzehn Kilo Mensch in totes Fleisch verwandeln.

Aber bei längerem Nachdenken besehen, war das doch nicht so einfach, wie zunächst gedacht, denn eigentlich hatte ich kaum den Willen oder es fehlte mir der Mut, mich jetzt schon davonzustehlen, denn darauf wäre es hinausgelaufen, wie ich das auch gedreht und gewendet hätte. Das bedeutet nicht, daß ich mich bei all dem Drehen und Wenden immer als bedeutender und wichtiger hingedreht und hergewendet hätte, sondern plötzlich war da die Neugier darauf, die andere Alternative zu versuchen, sie ergründen zu wollen, selbst mit dem denkbaren Ergebnis, mich dann doch noch davonzustehlen.

Das schien mir der bessere Ausweg zu sein, für den Anfang jedenfalls, zumal ich die erste Alternative nur ein einziges Mal hätte benutzen können, wobei ich mir so diese Tür noch immer offenhielt.

Denn es galt darüber nachzudenken, ob es richtig ist, eine mögliche und wirklich auch recht schnell durchführbare Alternative nur ein Mal benutzen zu können und damit gleichzeitig den Schlußpunkt unter alles zu setzen, was bis dahin das Leben ausmachte, sei es ein durch mich entschieden gelebtes Leben oder ein von mir nur nachgelebtes Leben gewesen, darauf wäre es in keinem der Fälle mehr angekommen. Denn bezogen auf das Ende kommt es auf die Ausgestaltung der Frage des WIE eben nicht mehr an. Diese Frage und damit auch eine Antwort versinken in der Bedeutungslosigkeit, stellen nur noch Belanglosigkeit dar gegenüber der abschließenden Begrenzung.
In diesem Zusammenhang stellt sich nur die Frage, ist dies überhaupt die richtige Alternative und wann, ja vor allem wann, ist der richtige Zeitpunkt.
Oder wie wäre es, habe ich mich gefragt, wenn ich, weg von dieser Trostlosigkeit, nicht die Alternative im Tod sehe, sondern mir vorstelle, ich hätte einen Wunsch frei, ein Märchen nicht mit drei Wünschen, sondern nur einem, der dann aber gewiß und für alle Zeiten in Erfüllung ginge.
Denn auf die Anzahl dürfte es auch nicht so bedeutend ankommen, jedenfalls dann nicht, wenn die Erfüllung des einen Wunsches das ganze Leben prägen würde.
Also habe ich mir vorgestellt, es gelte nun, eine Entscheidung zu treffen. Was ist der richtige Wunsch, was war und ist in meinem Leben so wichtig und bedeutsam für mich, daß ich dafür eine einmalige Erfüllung, die ihre Absolutheit eben in dieser Einmaligkeit findet, zu erlangen versuche, ohne Gefahr zu laufen, sie an eine Belanglosigkeit zu verschwenden.
Und die nächste Frage oder besser Entscheidung, die ich mir damit aufgebe, ist: wann ist der richtige Zeitpunkt dazu, diesen einzigen Wunsch auszusprechen, damit er sich erfülle. Wann passen Erfüllung und Zeit zusammen, denn das eine ist ohne das andere nicht möglich.
Auf der Suche nach dieser Einmaligkeit bin ich zurückgegangen in mein Leben. Ich fing dort an, wo meine Erinnerung es für mich vielleicht etwas einfacher machte herauszufinden, was für mich wichtig war und was noch bedeut-

sam ist, ohne den Blick in die reine Hoffnung auf die Zukunft weggleiten zu lassen.
Damals, als ich Tantes Schimpftiraden, ihre Gehässigkeiten über mich ergehen lassen mußte, damals hätte ich bedenkenlos diesen einen Wunsch dafür benutzt, mir die Hoffnung zu erfüllen, daß sie tot umfiele oder wenigstens endlich auf Dauer schwiege.
Aber dann, was wäre dann geworden? Ich weiß das nicht, ich sehe von hier aus keine bedeutsame Änderung, jedenfalls nicht dahin, daß ich dann um mich eine liebevollere Umgebung gehabt hätte. Also konnte es damals nicht der richtige Zeitpunkt gewesen sein, und wahrscheinlich war es auch nicht der richtige Wunsch.
Die Erfüllung ist, wenn ich so will, Jahre danach von selbst eingetreten, als Ergebnis eines Zeitablaufes und ohne daß ich meinen Wunsch hätte verschwenden müssen.
Damals, da hätte ich ebenso bedenkenlos diesen Wunsch geopfert dafür, bei den Spielen der anderen Kinder mitmachen zu dürfen.
Die Spiele sind längst vorbei, die Zeit ist vergangen, der Wunsch wäre vergeudet gewesen, und dieses Fettsack-fang-uns-doch wäre geblieben.
O ja, Fettsack, damals hätte ich gewünscht, nicht mehr soviel Hunger zu haben, nicht mehr übermäßig viel zu essen, nicht mehr dieses Friß-doch-nicht-soviel hören zu müssen. Ich hätte alles hingegeben, bedenkenlos und ohne Skrupel – dafür ja.
Aber was hätte ich dann mit meinen Tränen gemacht, die ich ohne die Süße der Schokolade nicht schlucken konnte. Was wäre aus meiner Einsamkeit geworden, die ich eingepackt in Schokolade oder Tortenstücken mit viel Sahne zu ertragen gelernt hatte? Oder soll ich etwa im Ernst daran glauben, daß mich Tante oder die anderen mehr geliebt hätten, wenn ich nicht mehr so unbeherrscht, wie sie es nannten, gegessen hätte? Hätten sie sich etwa dann die Mühe gemacht, meine Tränen zu trocknen, mir meine Einsamkeit zu nehmen, o nein, das niemals, das hätten sie auch vorher tun können, und niemand hatte sich gerührt. Und selbst wenn sie alle plötzlich

liebevoll zu mir gewesen wären, ich hätte ihnen nicht geglaubt.
Mein Anblick war es, der ihr Auge störte und in ihrem Bewußtsein die Tatsache meiner Hilflosigkeit entstehen ließ, immer auf der Suche nach einem Opfer, an dem sie ohne Bedenken ihre Kräfte messen konnten. Viel Kraft schienen sie allesamt nicht gehabt zu haben, denn immer waren es die Schwächsten, die die Ehre verliehen bekamen, die Rolle des Opfers zu spielen, und ich spielte gut, glaubt es mir.
Schon wenn ich die Starken, diese Gesunden, diese vor allem besseren Menschen kommen sah, da erstarrte in mir das Blut vor Entsetzen, da wurden meine Beine zu einem unkontrollierten Brei, da suchte ich nach einem Mauseloch, aber ich habe nie eines gefunden, in welches ein Elefant gepaßt hätte.
Und ich habe mich bedauert, ich war überhaupt der einzige Mensch, der mich immer wieder bedauert und betrauert hat.
Diesen Wunsch kann ich daher getrost als Verschwendung abhaken und bin froh, ihn nicht benutzt zu haben.

Was bleibt dann eigentlich?
Später, viel später Spinnebückel. Auch hier hätte ich bedenkenlos den Wunsch benutzt, vielleicht wäre es auch der richtige Zeitpunkt gewesen, die Hoffnung, ihn hinwegzuwünschen, wohin auch immer, nur ganz weit weg von mir.
Aber dann, dann hätten nicht eine Umarmung und zwei sanfte Küsse voller unendlicher Zärtlichkeit meine Ängste beseitigt, eine meiner Türen zu meinen Gefühlen geöffnet, die ich vor langer Zeit zugeschlagen und sorgfältig verschlossen hatte, mit dem Schlüssel meiner Angst vor weiteren Verletzungen.
Das wäre also auch nicht der richtige Wunsch gewesen, es sei denn, mit seiner Erfüllung hätte sich mein ganzes Leben, mein ganzes Ich geändert in der Weise, daß es nur noch die schönen Seiten gäbe.

Welch ein Selbstbetrug und welch eine Bestürzung bei der Erkenntnis, daß es das eben nicht gibt und nie geben würde, dafür steht kein Wunsch zur Verfügung, dafür steht unser Wille, unsere Kraft, dafür stehen unsere Träume und dafür steht auch das Vermögen zu akzeptieren, was ist, und damit zurechtzukommen. Auch dann, wenn wir uns selbst und all das, was uns gegeben worden ist, verloren glauben.

14

Ich werde deshalb das andere Ende des Knäuels in die Hand nehmen müssen, mich selbst, denn nur mit dem Blick auf die anderen werde ich nicht weiterkommen.
Also erinnere dich endlich an dich selbst, vielleicht ist es dazu nicht zu spät.
Fang schon an, sei nicht feige, was kann schon dabei herauskommen, außer daß du mal zur Abwechslung dich selbst scheußlich findest. Du bist niemandem gegenüber Rechenschaft schuldig, tatsächlich niemandem, denn eines hast du auf jeden Fall schon geschafft. Du bist das bequem zu handhabende Leichtgewicht, das niemanden stört, das seine Pflicht tut, besonders wertvoll, weil es seine Pflicht tut. Gute Pflicht, schlechte Pflicht, Pflicht zu guten Taten, Pflicht zu schlechten Taten und immer die Möglichkeit im Rücken, den Ausweg, die Reinwaschung mit dem Argument zu erlangen, es wäre bloß meine Pflicht. Reingewaschen, sauber, unschuldig, es wird nicht mehr für den Ablaß bezahlt, man tut seine Pflicht. Man tut nicht eine Tat, man begeht kein Verbrechen, man tut nichts aus

Liebe; Emotionen sind nicht gefragt, man tut seine Pflicht. Womit man diese Pflicht ausfüllt, das ist doch egal.
Es ist eine Pflicht, die getan werden kann, ohne daß sich in dir jemals ein solcher Gedanke regen muß, daß du eine eigene Entscheidung etwa an deiner Pflicht vorbei treffen müßtest.
Rechenschaft bist du wirklich niemandem schuldig, denn es dürfte auch niemanden geben, den du mitreißt, wenn du allem ein Ende setzt. Einsamkeit nennt man diese Situation gelegentlich, aber laß dich nicht beirren, du bist noch auf der Suche, du trägst noch zusammen und mußt nehmen und aufsammeln, was sich da findet. Werten kannst du später, entscheiden, was Ballast ist, kannst du auch später, und ändern kannst du dann, wenn du alles sortiert und über Wichtigkeiten befunden hast.
Aber sei ehrlich. Dir selbst gegenüber, denn merke dir, sich selbst kann man am besten belügen, schließlich nimmst du dankbar jede Lüge auf, sofern sie nur beruhigt, sofern sie dir nur gefällt und du daran glauben kannst, daß aus der Lüge dann Wahrheit wird, wenn sie nur das Bild von dir verschönert.
Und was denkst du, wie schnell du glaubst, wie schnell du nach dem Strohhalm der Hoffnung greifst, ihn in deinen Händen zermalmst, noch während du abstürzt.
Und tu es diesmal nicht so, daß du dich dann von dir selbst abwendest, deine Gedanken mit Alkohol, wohin auch immer spülst, um dich zu freuen, daß der Tag leicht und schön ist, zu hoffen, daß diese Nacht kein Ende finden möge, um am nächsten Tag noch nicht nüchtern, aber ernüchtert vor den Stücken deiner Seele zu stehen, wie du gesagt hast, zerschnitten, in mundgerechte Stücke. Nimm sie auf, setze sie zusammen, die Schnittflächen passen, wahrscheinlich jedenfalls.
Denn sicher ist noch lange nichts, aber versuche, dich der Sicherheit anzunähern, vielleicht findest du dann die Wahrheit.
Die Wahrheit über dich selbst, über das dicke Mädchen, das sich verletzt und gedemütigt fühlte, sich in Träume flüchtete, anstatt sich zu wehren und dort, wo eine

Gegenwehr nicht möglich ist oder war, die Realität zu akzeptieren, denn jemand, der das akzeptiert, was ist, der wird uninteressant für Quälgeister.
Du warst meistens wortlos, bis auf die wenigen Momente, wo dir zum ungünstigsten aller denkbaren Zeitpunkte ein Nein aus dem Mund gefallen ist.
In der Erinnerung höre ich dich schweigen, sehe ich dich wegsehen, spüre ich förmlich deine Träume, betrachte ich dich auf der Flucht vor allem, sogar davor, was dir selbst ganz unbefangen näherkommen wollte.
Was, so erkläre mir, sollte Tante mit deinem Schweigen anfangen? Mißtrauisch und herrschsüchtig wie sie war, mußte sie aus deinem Schweigen Ablehnung und Heimlichkeiten herauslesen, gestützt von einem Nein, mit dem du viel zu lange gewartet hattest. Mußte sie aus deinen sichtbaren Träumereien nicht herauslesen, daß sie tun konnte, was sie wollte, daß du jedenfalls dich unzufrieden erst in deinen Träumen in einem Leben wiederfindest, das mit ihr nichts zu tun hatte, nichts zu tun haben wollte?
Tante mochte dich nicht, das ist richtig, aber ihre Fürsorge für dich ist bei dir auf ebensoviel Ablehnung gestoßen.
Das hätte vielleicht dein Wunsch sein dürfen, dich angstfrei mit ihr auseinandersetzen zu können, und die Erfüllung wäre auch zum richtigen Zeitpunkt gekommen, und der Zeitpunkt wäre auch immer der richtige geblieben.
Aber davor bist du davongelaufen, hast dich zurückgezogen und dir, gib es zu, in deiner Duldersituation gut gefallen. War es nicht leicht, tat es nicht gut, sich über sie zu beklagen, darüber, welch Unrecht dir geschieht?
Hat es dir nicht gefallen, dich ungeliebt zu fühlen und auf den Prinzen zu hoffen, der dich aus dem Schlaf der Selbstgerechten küßt? Nur, dieser Prinz kam nie, du weißt das, denn es reicht nicht, nur zu nehmen, so wie du Tantes eigenartig erscheinende Liebe genommen hast und dabei in deiner Ecke des Selbstmitleides sitzengeblieben bist.
Du bist bequem gewesen, hast dich lieber in Träume geflüchtet, in Träume von einer Rosalinde, die bewundert und geliebt wird. Ist dir nicht aufgefallen, daß in deinen Träumen nie vorgekommen ist, was du dafür getan hast?

Was hätte dir auch auffallen sollen, du hast nie etwas getan, du hast dich nie bemüht, du hast nur gewartet, hast dagesessen und beide Hände offengehalten wie ein Bettler.
Wundere dich nicht, wenn du Hosenknöpfe statt Gold bekommen hast.
Und hatte das Tante nicht völlig richtig gesehen, wenn sie dich immer wieder schob und manchmal auch trat, die Art war falsch und ein Unglück für dich, das ist wahr, aber was hättest du getan in deiner Unbeweglichkeit, auf welche Seite hättest du dich gerollt – auf die falsche, das ganz bestimmt.
Abgesehen davon hätte dir Tantes Testament zu denken geben müssen. Ich meine ihre Begründung, daß du ihre geliebte Pflegetochter warst, die ihr Jahre der Einsamkeit erspart hat. Damit bist du sogar für deine Untätigkeit belohnt worden und hast es nicht gesehen oder nicht sehen wollen, weil es nicht in dein Bild gepaßt hätte.
Du hättest diese für Tante geradezu überwältigend großen Worte nicht achtlos beiseite schieben dürfen, so wie man die Reste aufkehrt und in den Müll wirft.
Hier wäre auch noch die Möglichkeit gewesen, von einem Wunsch Gebrauch zu machen – zu wünschen, daß deine Erinnerung an Tante nicht von Anklagen gegen sie und damit auch gegen dein Leben geprägt ist.
Auch hier wäre der Zeitpunkt richtig gewesen und richtig geblieben.
Aber ich fürchte, die Antwort auf die Frage nach dem richtigen Wunsch zum richtigen Zeitpunkt findest du in deinen vielen verpaßten Gelegenheiten.

Die Suche zurück bringt dir keine Änderung mehr, aber die Erkenntnis, akzeptieren zu lernen, daß du es bist, die etwas tun muß. Du bist es, die aus ihrem selbstgewählten Winkel der gutgepflegten und viel betrauerten Einsamkeit herauskommen muß. Erhebe dich, sieh dich um und mach den ersten Schritt.

Glaube mir, vor deiner Höhle der Einsamkeit beginnt nicht der Abgrund, der dich umbringt, sondern es wird ein Weg dahin für dich zu finden sein, der sich Leben nennt, das zu leben sich lohnt.

Und erwarte nichts, strecke nicht mehr die Hände aus nach dem Haben, hebe den Kopf, nimm deinen verkümmerten Mut in diese Hände und beginne dein eigenes Sein.

Denn es bedeutet ein Nichts, mehr von dem zu erwarten oder zu erhoffen, was nicht feststeht. Du mußt lernen, offen zu sein für Situationen, die von vornherein nicht steuerbar sind, du mußt lernen, abwarten zu können und dann weitersehen, und nicht versuchen, durch Verschließen etwas erzwingen zu wollen, nach der Vorstellung: Kommt doch und bemüht euch um mich.

Das hält auch das Maß der Enttäuschungen gering – auch dann, wenn du dir etwas anderes erträumt hast, dann erst recht. Denn es sind eben nur Träume, fern von der Realität, geträumt auf der gefährlichen Grundlage der Unzufriedenheit, und wahr werden diese Träume nie, jedenfalls nicht so, wie sie erdacht und geträumt worden sind, wobei der Träumer sich hineindenkt in das, was er für Realität hält. Wie groß ist dann die Enttäuschung, wie unbeweglich wird dann das Denken und das Empfinden, wenn die wirkliche Realität schließlich da ist und die Träume wieder ins Leere gehen, denn niemals wird eine Situation so stattfinden, wie sie in den Träumen erdacht wurde, und daher wird auch niemals die Realität wirklich passen. Ebensowenig wird es gelingen, eine Situation herbeizuzwingen, die alle Voraussetzung erfüllt, damit die Träume wahr werden können.

Das zu akzeptieren und eben nicht sofort abzudrehen, sich zurückzuziehen und einen neuen Grund zur Klage gefunden zu haben, ist zugegeben schwierig. Aber ein Verzicht auf diese Träume bedeutet nicht ein Verzicht auf Hoffnung, auf Hoffnung und auf die Erfüllung von Wünschen, nur deinen Teil mußt du selbst dazu beitragen, einen Teil des Weges mußt du immer allein zurücklegen. Lerne und beginne damit, deine Angst vor Enttäuschungen und

deine Bedenken beiseite zu schieben, denn nur dann wirst du Dinge akzeptieren können, wie du dies nie für möglich gehalten hättest, beginne damit, die erste Tür weiter aufzumachen, die den Weg zu deinen Gefühlen für andere frei gibt, denn du hast allein die Macht zu entscheiden, wer diesen Weg beschreitet.
Öffne dich – die Schnittflächen deiner Seele passen. Setze sie zusammen, es werden einige feine Narben zurückbleiben, aber damit kannst du leben und damit kannst du lieben.
So wie du deine Wohnung damals von allem, was eingeengt hatte, konsequent befreit hast, so wie du dich damals von deinem vielen Gewicht konsequent befreit hast, so wie du dich von deinen betrunken vergeudeten Lebensabschnitten konsequent befreit hast, so befrei dich jetzt von deiner selbstgewählten Einsamkeit, suche nicht nach Begründungen für all das, was war, geh den letzten entscheidenden Schritt, vielleicht wird es der schwerste sein, aber mit Sicherheit der erfolgreichste.
Sieh nicht in den Spiegel, sieh in die Gesichter der anderen, an ihnen kannst du ablesen, wie du bist.
Das Leben findet nicht in der Höhle statt, in der du Schutz gesucht hast, das Leben findet draußen statt, dort, wo du die Gesichter der Menschen sehen kannst.

Bei dem Gedanken, daß sie sich tatsächlich stark genug fühlte, draußen zu leben, spürte Rosalinde, daß sie eigentlich keine Angst davor hatte, das zu tun und auch keine Angst davor, daß sie eines Tages der Gedanke „Fettsack fang uns doch – aber du fängst uns nie“ in ihre Höhle zurückschleudern würde.

Rosalinde war aufgesprungen und hatte sich ihre Laufschuhe genommen, ein langes T-Shirt übergezogen und Jeans, um zum Fluß zu fahren.

Auf dem Weg dorthin fühlte sie sich frei und glücklich, und ihr kamen Worte in den Sinn, die wie eine Erklärung für ihre Zukunft klangen.

Das Licht
in der Dunkelheit
Der Tag
nach der Nacht.
Das Morgengrauen
hat sich hinter die Zeit geschoben.
Die Räume werden hell.
Das Leben gibt sich zu erkennen.

An der Kreuzung vor dem Parkplatz am Fluß warteten viele Spaziergänger darauf, die Straße überqueren zu können. Sie alle sahen den Unfall, aber später wußte niemand mehr zu sagen, ob wirklich die Ampeln in beide Richtungen „Grün" gezeigt hatten, und es gab keine Erklärung dafür, warum Rosalinde nicht gebremst hatte, als der LKW in die Kreuzung einfuhr.

15

Ich bin Katia Spinnebückel, die Ehefrau von Gabriel Spinnebückel. – Ich bin die Frau mit den fünf Kindern, die nicht in die Kleider des Modegeschäftes paßt, in dem Gabriel arbeitet.
Gabriel ist mein Ehemann, den ich seit Rosalindes Unfall, diesem schrecklichen und erschütternden Ereignis, nur noch zum Frühstück sehe.

Denn jeden Abend, dann, wenn andere nach Hause zu Frau und Kindern oder ins Kino oder zu Freunden oder zum Hund, vielleicht auch zur Katze oder zu sich allein gehen, dann geht Gabriel in das Krankenhaus, in dem Rosalinde seit Wochen auf der Intensivstation liegt, wo sie beatmet wird von einer Maschine, versorgt mit allen möglichen Flüssigkeiten durch Schläuche und nicht zu Bewußtsein kommen will.
Dort sitzt er jeden Abend bis Mitternacht an ihrem Bett, und ich stelle mir vor, daß er Rosalindes Hand zwischen all den Schläuchen hält, dem Beatmungsgerät zuhört, auf dem Monitor ihren Herzschlag verfolgt und hofft.
Hofft er wirklich? Denkt er wirklich an das, was die Menschen Zukunft nennen und oftmals so leichtfertig verspielen?
Ich weiß es nicht, denn Gabriel spricht nicht mehr.
Er ist nicht etwa nur mir gegenüber so schweigsam, er spricht seit diesem fürchterlichen Unfall, als er danach Rosalinde auf der Intensivstation hatte liegen sehen, überhaupt kein Wort mehr.
Zunächst hatte ich gedacht, er schweigt nur mir gegenüber, als eine Art stummer Vorwurf, weil ich noch lebe und Rosalinde fast nicht mehr, denn auf mich kann er sicher verzichten.
Aber die Sprache, die Worte scheinen ihm vor Entsetzen abhanden gekommen zu sein – in all ihrer Sinnlosigkeit, wie sie sich, sobald sie ausgesprochen sind, verflüchtigen.
Was sollte er mir auch sagen, soll er mir sagen, mir zerreißt es die Seele, wenn ich Rosalinde so liegen sehe – die Liebe meines Lebens. Nimm es mir nicht übel, meine gute, dicke Katia, du bist die Mutter meiner Kinder und wirst immer meine vollste Zuneigung haben, aber Rosalinde, das ist mein Leben.
Und ich schweige auch.
Ich habe ihm nicht gesagt, daß ich mich eines Vormittags heimlich auf die Intensivstation geschlichen habe, unter dem Vorwand, eine enge Verwandte zu sein, um Rosalinde zu sehen, um zu sehen, wo mein Ehemann seine Nächte verbringt.

Ich habe ihm auch nicht gesagt, wie sehr ich erschrak, als ich Rosalinde so ausgeliefert und wehrlos habe liegen sehen und daß ich, mit vor Tränen blinden Augen hinausgestolpert bin, mit schlechtem Gewissen, weil ich Rosalinde in den letzten Jahren so manches Mal zum Teufel gewünscht hatte. Aber das, was jetzt ist, das hätte ich ihr noch nicht einmal in meiner tiefsten Verzweiflung wünschen können.
Auch wenn ich jetzt daran denke, dann empfinde ich tiefstes Mitleid mit Rosalinde – sie ist mir in ihrem Leiden immer näher gerückt, so nah, als werde sie langsam ein Stück von mir, und ich kann keinen Tag verbringen, ohne daß ich voller Schmerz an sie denke.
Ich würde sie gerne noch ein Mal besuchen, aber dazu bin ich zu feige, denn mein Schmerz ist doppelt.
Es kommt noch der Schmerz um Gabriel hinzu, weil ich mitansehen muß, wie ihm dieser nach außen schweigende Schmerz jeden Tag neue Spuren, Furchen und Gräben in sein Gesicht foltert, wie er, der unbarmherzige Schmerz, blindwütend Wunden schlägt, die kaum verheilen dürften – auch bei mir nicht.

Ich liebe Gabriel – ich würde ihn jetzt gerne auf meiner Brust schlafen lassen können, so, wie ich das mit meinen Kindern getan habe, als ich sie noch stillte. Danach habe ich sie mir immer noch auf die Brust gelegt und sie dort einschlafen lassen, um ihnen von meiner Wärme soviel wie möglich für diese Welt mitzugeben, damit sie mein Herz schlagen hören, so, wie es war, als ich sie noch in mir hatte, in diesem warmen Nest der Geborgenheit.
Manchmal habe ich dann vor Glück in diese friedvolle Stille hinein gesummt, wohlwissend, daß dieser winzigkleine friedliche Teil ihrer und meiner Welt besonders schnell der Vergangenheit angehören wird.
Und so würde ich gerne Gabriel auf meiner Brust schlafen lassen, ihm von meiner Wärme geben, es ist ein absurder Wunsch, ich weiß das, aber dennoch macht mich dieses Unvermögen fast krank.

Ich kann nichts tun, ich kann mich auch nicht gegen das Gefühl der Unfähigkeit wehren, es überfällt mich und reißt mich weg, bis ich irgendwann auf dem Grund aufschlage und jeden Tag mehr Kraft brauche, um wieder hochzukommen.

Ich liege nachts wach, bis Gabriel kaum hörbar leise in unser Schlafzimmer geschlichen kommt, es zerschneiden mich scharfe Messer, wenn ich ihn, kurz bevor er einschläft, leise seufzen höre, und ich weiß, daß er weint.
Aber ich bin unfähig, auch nur meine Hand auszustrecken und seine Hand zu drücken, ich bin unfähig, meine Arme um ihn zu legen und ihn festzuhalten, damit der Schmerz ihn mir nicht vollständig entreißt.
Ich bin auch unfähig, ihn zu fragen, wie es Rosalinde geht, denn das ist gewiß, wenn es ihr besser ginge, dann würde er nicht mehr weinen, und wenn sie stirbt, dann weiß ich nicht, was geschieht, aber ändern wird sich viel.
So aber kann ich jede Nacht an seinem Weinen ablesen, daß alles gleichgeblieben ist, daß Rosalinde noch immer nicht leben und noch immer nicht sterben kann.
Dann frage ich mich, was mag Rosalinde denken, was mag sie fühlen, wenn Gabriel Stunden um Stunden bei ihr sitzt, wenn er ihre Hand hält, vielleicht mit ihr spricht, und Rosalinde stets nur schweigt, die Augen geschlossen hält und sich nicht rührt.
Vielleicht denkt Rosalinde, bitte, Gabriel, geh nach Hause und laß mich sterben, denn solange du so voller Hoffnung neben mir sitzt, solange du mich nicht nur mit den Händen, sondern auch mit deiner Liebe festhältst, solange du wünschst, daß ich lebe, so wie ich gelebt habe, mit dir sprechen, lachen, zärtlich sein kann – solange kann ich nicht sterben.
Was ist das für eine Art von uns Lebenden, selbständig Atmenden, zu wünschen, daß auch der andere, den wir gern haben, den wir lieben, auf jeden Fall, was auch komme, mit uns weiterleben soll – muß. Man sagt, dies sei der Egoismus des Gebenden und Nehmenden. Rosalinde

hat gegeben, Gabriel hat gegeben, und beide, jeder für sich, haben genommen – auch von mir.

Mir fällt auf, daß ich Rosalinde stets nur bei ihrem Vornamen nenne. So, als wäre ich mit ihr gut befreundet.

Ihr Name ist mir selbstverständlich geworden, schon seit Jahren, obwohl ich sie persönlich nicht kenne und nie mit ihr gesprochen habe. Ich habe ihr noch nicht einmal jemals guten Tag gesagt.

Aber ich kenne Rosalinde eben schon sehr lange aus Gabriels Erzählungen, und seine Beschreibungen trafen genau zu. So genau, daß ich Rosalinde bei der Eröffnung des neuen Geschäftes sofort erkannte und wußte, daß nur sie es sein konnte.

Damals, als sie so schlicht in Schwarz mit dieser bunten Schärpe in schönen warmen, nicht zu grellen Farben das Geschäft betrat, da wußte ich genau, es ist Rosalinde. So selbstverständlich selbstbewußt hatte ich sie mir allerdings nicht vorgestellt. Wenn ich daran denke, ich käme fast zu spät und die neugierigen Blicke der schon Anwesenden würden mich begleiten, dann könnte ich keinen Schritt sicher gehen. Aber Rosalinde konnte dies – und sie konnte es beneidenswert gut.

Auch ich war neugierig gewesen.

Ich hatte Gabriel nur deshalb begleitet, um sie endlich einmal zu sehen, um zu sehen, wie sie sich bewegt, zu sehen, wie sie spricht, zu hören und zu sehen, wie sie lacht – und um zu sehen, wie sie Gabriel ansieht.

Und ich war überrascht darüber, wie sie ihn angesehen hat. O nein, da war nichts von Liebe, da war eher Scheu, wenn auch gemischt mit einer nicht zu erklärenden Art von Vertrautheit.

Und dann ist sie plötzlich mit Gabriel weggegangen, und es hat mir den ersten tiefen Schmerz von einer langen Reihe von Schmerzen, Wunden und Verletzungen versetzt, als ich Gabriel so selbstverständlich ihren Arm nehmen und sie hinausbegleiten sah. Das war eine Geste von Gabriel, die er sich bei anderen, außer bei mir, nie erlaubt

haben würde, dieses Vertraute – ich bin bei dir, ich stütze dich, auf mich kannst du dich verlassen –, das bei einer anderen Frau zu sehen, noch dazu bei Rosalinde, das hat sehr weh getan. Es paßte nicht zu all den Erzählungen vorher, denn nach diesen Erzählungen, die mich in Angst und Schrecken versetzt hatten, hätte Rosalinde seine Feindin sein müssen, und er hätte nie gewagt, sie anzufassen.
Gabriel kam spät nach Hause in dieser Nacht, und seine Augen leuchteten für einen kurzen Augenblick – bis er sah, daß ich noch nicht schlief. Was ich mir bis dahin nur vorgestellt habe, das wußte ich jetzt, wenn ich auch bis dahin gehofft hatte, meine Phantasie würde mich zum Narren halten und wenn ich nicht aufpasse, dann würde ich mich selbst zum Narren machen.
Aber dennoch, Gabriels Augen leuchten zu sehen, hat mich eigentlich nicht so sehr verletzt, wie ich zunächst beim Nachdenken über meine Vorahnungen befürchtet hatte. Wenn ich es richtig bedenke, dann bin ich auf Gabriels Liebe zu Rosalinde jahrelang von ihm – ohne daß er selbst das geahnt hätte – vorbereitet worden.

16

Es war damals, als Gabriel Geschäftsführer wurde, für mich auch sehr überraschend, als er nach Hause kam und bitter bemerkte, in Rosalinde habe er wohl eine sehr ernste Konkurrentin, und er frage sich, weshalb nicht Rosalinde den Geschäftsführerposten bekommen hatte. Ich war es damals, die ihn beschwor, Gabriel sei vorsichtig, sie kann dir gefährlich werden, und wenn du jetzt scheiterst, dann

bekommst du solch eine gute Stelle nicht wieder, dann wird man dich einen Versager schimpfen.
Ja, ich hatte Sorge um Gabriel, und wir sprachen immer wieder über Rosalinde, wahrscheinlich viel zuviel, denn auch zu Hause vergaß Gabriel sie dadurch nie. Aber andererseits – ich habe schon immer an allem teilgenommen, was Gabriel betrifft.
Wir kennen uns schon aus unserer Sandkastenzeit, also Jahrzehnte, und Gabriel war immer ein Mensch mit großem Verantwortungsbewußtsein. Schon damals, ja wirklich, als Fünfjähriger hat er meine Sandkuchen gegen die Rabauken verteidigt und vor allem meine langen, dicken Zöpfe gegen ihre schmutzigen Hände. Ich war viel zu zart für mein Alter und konnte mich nicht sehr wirksam wehren – was ich auch nicht brauchte, denn Gabriel machte das für mich.
Immer dann, wenn ich in meinem schönen Kleid im Sandkasten saß und heulte, dann war er blitzschnell da, und schon hatte einer dieser Rabauken Gabriels fünf Finger auf seiner Wange kleben. Und wenn ich hingefallen war und plärrend auf der Straße saß und voll Entsetzen mein blutverschmiertes Knie betrachtete, dann besorgte er mir von irgendwoher ein Pflaster.
Getröstet mit guten Worten oder gar in den Arm genommen hat er mich nie.
Er hat mir nur behutsam das Pflaster aufgeklebt, mir danach auf die Beine geholfen und gesagt, so, jetzt geht es wieder, und dann ging es auch.
In den Arm genommen, das hat er mich später, ich ihn aus Liebe und er – ich weiß es nicht. Als ich sehr schnell schwanger wurde, da war es für ihn selbstverständlich, daß wir geheiratet haben.
Ich glaube eigentlich nicht, daß er mich damals geliebt hat, jedenfalls nicht so wie ich ihn. Er hat mir Pflaster auf meine Wunden geklebt und mich nicht im Stich gelassen, und er hat für mich gesorgt, und er hat sich nie beklagt.
Es ist nicht so, daß ich nicht hätte für mich selbst sorgen wollen, denn zunächst hatten wir auch vor, daß es bei nur einem Kind bleiben sollte. Und dann sind es fünf gewor-

den, und meine Leidenschaft wurden meine Kinder, meine fünf Töchter.
Auch da hat sich Gabriel nie beklagt.
Er hatte früher oft davon gesprochen, daß wir später ein eigenes Haus haben werden und lange Reisen machen würden.
Wir leben seit über zwei Jahrzehnten noch immer in derselben Mietwohnung mitten in der Stadt, und so wird das auch bleiben. Denn bis alle Kinder sich selbst ernähren können, dauert es noch lange. Ja und dann, wenn wir alt sind, dann brauchen wir auch kein eigenes Haus, sondern eher eine kleinere Wohnung.
Lange Reisen haben wir natürlich auch nicht gemacht, das wäre mir auch inzwischen zu beschwerlich.
Mit jedem Kind bin ich dicker geworden. Ich meine damit nicht allein durch die Schwangerschaften, sondern auch durch die ersten Jahre mit meinen Kindern, in denen ich halbleergegessene Teller nicht habe stehenlassen können, und ich weiß nicht, wieviel Grießbreireste ich in meinem Leben gegessen habe.
Aber ich habe es genossen, und ich möchte nicht einen dieser von mir sauber abgeleckten Breilöffel missen.
Ich weiß auch nicht, wie viele mit zermatschter Schokolade verschmierte Händchen ich zur Freude der Kleinen abgeleckt habe. Noch heute ist es so, daß mir meine Kinder Schokolade nicht wie das üblich ist anbieten – bitte nimm dir ein Stück –, sie schieben es mir einfach direkt in den Mund.
Meine Töchter sind sehr schlank. „Mama, iß bitte mein Brot auf, ich kann nicht mehr" – und Mama ißt.
Verrückt, nicht wahr, mein Hausarzt sagt, ich sei zu schwer.
O nein, an dieser Last trage ich leicht, und ich möchte sie nicht missen.
Eine der Töchter hat Schneiderin gelernt, und sie näht mir seit Jahren schöne weite Kleider, die Stoffe suche ich mir selbst aus, und keiner schreibt mir die angeblich richtigen Farben vor. Gabriel auch nicht. Er hat sich nie geäußert zu meiner wachsenden Fülle. Er war immer, all die vielen Jahre, freundlich zu mir und war mir so nah – und ist mir so

nah, auch jetzt, obwohl er wegen oder an Rosalindes Qualen leidet und mich das schmerzt.

Ich bin nicht so großzügig, daß ich nicht nach jenem Abend bei der Eröffnung große Sorge gehabt hätte. Andererseits sagte ich mir, Gabriel würde mich nie im Stich lassen. Und außerdem gehörte damals Rosalinde schon fast wie selbstverständlich zu unserem Leben. Denn Gabriel hatte zunächst große Sorgen wegen Rosalinde und ich ebenfalls.
Es hatte ihn irritiert, wie sehr sie, als sie sich das erste Mal sahen, seinem Blick ausgewichen war und schnell zur Seite gesehen hatte, als er gerade ein paar Worte zu ihr sagen wollte.
Arrogantes Luder, hatte er damals gesagt, das weiß ich noch genau.
Ich weiß auch noch, und wir haben lange darüber gerätselt, wie sehr es ihn nervös gemacht hatte, daß sie jeden Tag früher ins Geschäft gekommen ist. Ich teilte damals seine Meinung, daß sie ihn wahrscheinlich kontrollieren wolle, und ich war es, die ihm riet, dann müsse er eben immer vor ihr da sein, denn sonst würde sie vielleicht eines Tages behaupten, er komme zu spät. Also hat Gabriel jeden Tag eine halbe Stunde geopfert, war früher im Geschäft, nur um vor diesem Vorwurf sicher zu sein.
Gabriel hat mir sehr leid getan, denn er fühlte sich ständig belauert, und in so einer Atmosphäre kann niemand gut arbeiten.
Er fühlte sich nicht mehr sicher, er zweifelte an seinem Können und war verkrampft. Selbst die Wochenenden waren keine Erholung für ihn. Spätestens am Sonntag nachmittag wurde er sehr schweigsam und nachdenklich, und oft sagte er: „Die kommende Woche widert mich jetzt schon an."
Gabriel meinte genau zu wissen, wie sehr Rosalinde ihn ablehnte, und manchmal sagte er verbittert, er werde sich eine andere Stelle suchen, sie könne seinen Platz haben. Es war immer dann, wenn er einer Kundin, die von Rosa-

linde bedient worden war, gesagt hatte, daß das, was sie sich ausgesucht hatte, gut zu ihr stehe. Gabriel hatte das immer so gemacht. Er machte gern Menschen eine Freude und war der Meinung, daß solch eine kleine Bestätigung doch jedem guttäte. Aber Rosalinde muß ihm dann jedes Mal einen Blick zugeworfen haben, der ihn erstarren und daran zweifeln ließ, ob er überhaupt jemals in ihrer Gegenwart das Richtige würde tun können.

„Eines Tages wird sie behaupten, ich mische mich in ihre Angelegenheiten ein und versuche, ihr die Kunden abzujagen", klagte er oft.

Ja, diese Sorge hatte ich auch, daß sie ihm eines Tages vorhalten würde, er setze sie vor den Kunden herab. Und eines Tages würde dann sein Chef sagen: „Sie stören den Betriebsfrieden, Herr Spinnebückel."

Und was sollte dann Gabriel machen, was wäre ihm geblieben, außer zu gehen? Vor das Arbeitsgericht zu ziehen? Rosalinde, elegant und klug, hätte sicher sehr überzeugend dargelegt, wie schwer es ihr gemacht wurde, allein und eigenständig ihre Kunden zu bedienen, was sie schließlich seit vielen Jahren, bevor Gabriel auftauchte, getan hatte.

Da wollte sich Gabriel lieber gleich selbst eine neue Stelle suchen, aber wie hätte das ausgesehen. Jeder schnelle Stellenwechsel macht den neuen Arbeitgeber mißtrauisch, denn er ist ein Zeichen für Unstetigkeit und damit Unzuverlässigkeit.

Ein Stellenwechsel – abgesehen davon, daß Stellen mit Gabriels Einkommen dünn gesät und selten frei sind – kam nicht in Frage.

Eines Samstags, am frühen Nachmittag, da sind wir am Fluß spazierengegangen, weil ich dachte, die frische Luft würde Gabriel und auch mir guttun.

Kaum waren wir ein paar Meter gegangen, als Gabriel stehenblieb und ganz entsetzt sagte: „Da kommt Rosalinde angerannt."

Er schob uns schnell hinter einen von Sträuchern umgebenen Baum, so daß ich sie mir überhaupt nicht ansehen konnte, was ich sehr bedauert habe. Ja und dann, als sie weg war, da hatte er keine Lust mehr, weiter spazierenzugehen, und zum Fluß sind wir auch nicht mehr gefahren – nie wieder.

Selbst in seinem Privatleben hat Rosalinde ihn beherrscht und eingeengt.

Da fällt mir noch das Betriebsfest ein. Wir beratschlagten, ob Gabriel auch mit Rosalinde tanzen solle. Erst dachte er daran, mit niemandem zu tanzen, aber ich sagte ihm: „Dann werden alle über dich reden, und Rosalinde kannst du nicht auslassen. Denn dann wird sie behaupten, du hättest sie übergangen und wolltest sie damit in den Augen der anderen herabsetzen."

Also tanzte er mit ihr und hatte dauernd Sorge, ihr auf die Füße zu treten. Damals, als er mir davon erzählte, war er jedoch nicht so bitter wie sonst, er sagte, sie tanze gut.

Ich glaube, er hat sie gerne in seinen Armen gehalten. Auf jeden Fall, so wie die Zeit verging, wurden seine Ängste und Sorgen vor ihr kleiner und kleiner. Manchmal sprach er darüber, daß er den Eindruck habe, Rosalinde sei menschenscheu, denn er habe nie feststellen können, daß sie ein freundschaftliches Verhältnis zu einer ihrer Kolleginnen hatte, auch zu den älteren nicht. Abgesehen davon, schien sie auch keinen Freund zu haben, denn nie wurde sie abgeholt.

Die anderen, die von ihren Ehemännern oder Freunden gelegentlich abgeholt wurden, die verschwanden schon eine halbe Stunde vor Geschäftsschluß, um ihre Lippen nachzuziehen, um ihre Haare zu kämmen und sahen immer wieder unauffällig zur Uhr, und wenn es soweit war, dann rannten sie eilig davon.

Rosalinde nie – sie zog nach Geschäftsschluß ihren Mantel über und ging. Nie schien sie irgendwelche Verabredungen zu haben, die sie nervös werden ließen, und nie kam sie übernächtigt morgens ins Geschäft, und nie erwähnte sie etwa, wie sie das Wochenende oder ihren Urlaub verbracht hatte.

Ich glaube, irgendwann tat mir Rosalinde leid. Sie schien sehr einsam zu sein, jedenfalls bestärkte ich Gabriel sehr darin, ihr weniger zu mißtrauen, sondern ihr das Gefühl zu geben, daß er auch für sie da sei. Vielleicht brauchte sie ja einmal jemanden, einfach zum Reden, wie das meine Töchter nennen, wenn sie spät nachts nach Hause kommen und ich vor Sorge schon fast gestorben bin.
Ich fürchte, in dieser Zeit, in der sich eisige Kälte in Zuneigung zu verwandeln schien, hat Gabriel unbemerkt begonnen, Rosalinde zu lieben. Unmerklich vielleicht auch für ihn, oder er wollte mich mit den sanften Bemerkungen über Rosalinde auf seine Gefühle einstimmen, mich weich machen für ein wenig Güte Rosalinde gegenüber.

Schließlich kam diese Einweihung auf uns zu.
Ich war neugierig und entschloß mich, Gabriel entgegen meiner Gewohnheit doch zu begleiten.
Ich ließ mir ein neues Kleid von meiner Tochter nähen, ein großer, schwarzer Traum aus Chiffon, unterlegt mit Taft und weiten Chiffonärmeln.
Natürlich, bei Rosalinde hätte dieses Kleid ausgesehen wie ein Hauch, wie ein wirklich gewordener Traum, und als ich dann Rosalinde kommen sah, da fühlte ich mich wie ein fetter, schwarzer Vogel – zu fett zum Fliegen.
Dann, nach der kurzen Modenschau, drehte sich Rosalinde plötzlich um und sah mich an, dann sah sie weg, und jemand muß wohl etwas gesagt haben, jedenfalls lachte Rosalinde. Gabriel stand neben ihr und sah sie an und, ich muß wohl abgelenkt worden sein, dann sah ich die beiden gehen.
Jetzt, wenn ich mir das bildlich vor Augen halte, führte Gabriel Rosalinde hinaus, vielleicht war ihr doch etwas übel geworden. Da Gabriel nicht zurückkam, habe ich mir ein Taxi gerufen und bin nach Hause gefahren.
Spät in der Nacht kam Gabriel, er sagte, er habe Rosalinde nach Hause gebracht und sich mit ihr unterhalten, ihr sei nicht gut gewesen, und sie sei zudem sehr deprimiert.

Unterhalten, dachte ich und hatte seine leuchtenden Augen gesehen, die mir signalisiert hatten, daß das Wort unterhalten, bezogen auf miteinander sprechen, schlichtweg Phantasie war. Aber wie ein Verdurstender, der jede Flüssigkeit, die einigermaßen trinkbar zu sein scheint, gierig zu sich nimmt, so trank ich ebenfalls diese gallebitter schmeckenden Worte und schwor mir, nicht aufzugeben.

17

Als mich das Taxi nach Hause gebracht hatte, da hatte ich mich in meinem Kleid vor den großen Schlafzimmerspiegel gestellt und mich betrachtet, und ich hätte heulen können, als ich diesen großen, schwarzen, fetten Vogel darin sah.

Ich habe mich ausgezogen, dieses monströse Gewand von mir entfernt, vermutlich in der dümmlichen Hoffnung der Einfältigen, daß mein Anblick dadurch besser würde.

Dann stand ich meinen großen Brüsten gegenüber, und es nützte nichts, daß ich mir sagte, daran habe ich fünf Kinder genährt. Das beeindruckte meine unsichtbaren Kritiker keineswegs, denn ich stellte mir vor, wie Rosalindes Brüste gerade richtig in Gabriels Hände passen würden, wie er sie sanft umfassen könnte. Wer denkt schon bei dem Anblick zweier riesiger Brüste voller Dankbarkeit daran, daß sie Kinder genährt haben, eine Kuh gibt auch Milch und niemand findet das erotisch.

Was nützte mir da auch die Freude über meine Kinder, ich war nur noch eine große, schwere Mutter, die ihre Aufgabe erfüllt hatte, die in ihrem riesig werdenden Leib den Kindern jeweils ein sicheres Nest geboten hatte und mit

jedem weiteren Kind und mit jedem weiteren Kilo sich immer mehr in ein Neutrum verwandelte.
Für andere jedenfalls, die einzige Bewunderung, die mir noch entgegengebracht wird, ist die für meine Gebärfähigkeit, eine völlig unerotische Angelegenheit, die keinen Mann in zärtliche oder begehrliche Träume verfallen läßt.
„Ah, fünf Kinder haben Sie, Frau Spinnebückel, na, da haben Sie ja genug zu tun", und weg ist der Blick, weg bin ich aus den Gedanken, so, als erwarte jeder, ich würde urplötzlich eines meiner Kinder aus der Tasche holen und es zu säugen beginnen, da wollte man doch besser nicht zusehen.
Auch du nicht, mein lieber Gabriel!
Daß ich bei allem eine Frau geblieben bin, die ihre Lust nicht auf dem Entbindungsbett im kahlen Kreißsaal findet, daran hast du auch nicht mehr gedacht.
Denn nachdem mich unser letztes Kind bei der Geburt fast das Leben gekostet hatte, meintest du, du müßtest mich jetzt schonen. Und dann schontest du Rosalinde nicht, du gabst ihr das, was eigentlich mir zusteht, aber da du mich offenbar in die Mutterschaft – klingt wie Knechtschaft – abgeschoben hattest, steht mir das wohl nicht mehr zu, seitdem ich keine Kinder mehr bekommen kann.
Und ich dumme Gans habe damals gedacht, endlich nie wieder Angst haben zu müssen, endlich nie wieder eine halbe Nacht nicht schlafen können in der Sorge, es sei schon wieder passiert. Ich hatte mir vorgestellt, daß das auch für dich eine ständige Anspannung gewesen war, und ich hatte mich in grenzenloser Einfalt für dich gefreut, daß du dir diese Sorge nie wieder wirst machen müssen.
Aber offensichtlich hattest du dir nie Gedanken gemacht, offensichtlich hast du das Herannahen einer jeden neuen Schwangerschaft, eines jeden neuen Windelberges mit sechs Pfund Lebendgewicht Mensch darin, als Ergebnis deiner Mühen gesehen, und als diese Ergebnisse dann endgültig ausblieben, lohnte sich die Mühe bald nicht mehr.
Oh, ich hätte dich anschreien, ankeifen können – sieh nur, was du aus mir gemacht hast, und jetzt, nachdem die

Quelle versiegt ist, wendest du dich ab, so, als habe ich immer nur aus Gebärmutter bestanden, die jetzt nichts mehr wert ist, also weg damit.
Ich habe dich geliebt, du Lump – und liebe dich noch immer und würde dich auf Knien anflehen, mich zu lieben, wenn das etwas nützen würde.
Das jedoch lasse ich lieber bleiben, denn du hattest dich schon sehr früh hinter dem Schutzschild: „Ich hasse keifende Weiber", versteckt und würdest mich nur mitleidig ansehen und sanft sagen: „Ich weiß gar nicht, was du meinst."
Du konntest dich immer in völlige Verständnislosigkeit flüchten, nur um unangenehme Gespräche zu vermeiden.
Was würden dann meine Worte, ob leise gesprochen, ob laut gebrüllt, nützen – nichts.
Aber ich liebe dich noch immer und würde dich auch anflehen, nur jetzt ist es zu spät. Ich habe nur noch die Möglichkeit, bei dir zu bleiben, falls du mich im Alter brauchen solltest. Jemanden, der dich pflegt, der dich bettet, der dir Grießbrei in den dann wieder zahnlosen Mund löffelt, den du dafür dankbar anlächeln wirst, ohne noch genau zu wissen, wer dieser fette Engel der Nächstenliebe nun ist.
Ja, fetter Engel. Denn, mein lieber Gabriel, ich habe nicht vor, jetzt zu versuchen, schlank zu werden, denn eine Frau ist eine Frau, ob dünn, schlank oder dick, ob intelligent oder dumm.
Irgendwann hat einmal ein Mann, der vermutlich selbst einen mächtigen Wanst vor sich herschob und kaum an klugen Gedanken gestorben sein dürfte, behauptet, um eine Frau zu sein, müsse eine Frau schön sein, und um schön zu sein, müsse sie schlank sein. Und fast alle Männer rannten diesen Worten hinterher, die dünnen, die dicken, die häßlichen, die schönen und die dummen. Denn sie alle können sich bequem im Spiegel ihrer Eitelkeit drehen – ein jeder für sich gesehen ein Held – und daher auch bestimmen, wie eine Frau zu sein hat und wann sie schön ist.
Wie viele dieser Gattung sitzen abends dickbäuchig zu Hause, beklagen sich über ihre Hämorrhoiden, ihren Chef und meckern an ihren Frauen herum, von denen sie er-

warten, sie müßten ihr Leben lang wie Aphrodite aussehen, der süße Schmelz der Jugend, die oft besungenen schlanken Körper mit zarter Haut und rasierten Achseln müßten erhalten bleiben auf immer und ewig.
Und selbst, wenn ihr schon längst falsche Zähne habt, euer Gesicht von Falten durchpflügt ist, das Haar sich bis auf kleine Reste im Genick auf Nimmerwiedersehen verflüchtigt hat, dann haben wir noch immer schön, schlank, faltenlos und strahlend neben euch zu sitzen und euch aus süßen Kinderaugen zu bewundern.

Oh, Gabriel, ich könnte dich hassen, wenn ich dich nicht so sehr lieben würde.
Hassen dafür, daß ich meine ewige Jugend hätte retten müssen, um dich für mich zu retten, jedem Kindbett wie eine griechische Göttin entsteigen, zwischen Bergen schmutziger Windeln schweben, elfenhaft deine herumliegenden Socken aufsammeln und mit perfektem Make-up die Türme deiner Hemden bügeln, und mit dem Zauberstab meines Putzlumpens unser aller Dreck allein wegwischen, ohne dabei rauhe Hände, rissige Fingernägel und ein lahmes Kreuz zu bekommen.
Und am Abend, wenn du wieder eine Schlacht im rauhen Leben geschlagen hast, wovon ich natürlich in unseren vier Wänden nichts zu spüren bekomme – von dem rauhen Leben, meine ich, denn wann weht mir schon der Wind des Lebens um die Nase, wenn ich nur damit beschäftigt bin, triefende Kindernasen zu putzen –, dann hätte ich, einem Traum von elfenhafter Schönheit gleich auf dich warten müssen, damit du das harte Leben dort weit draußen in der fernen Wirklichkeit jetzt im Wunderland der Liebe vergessen kannst.
Es tut mir leid, mein Lieber, daß sich Alice so schnell in die fette Karokönigin verwandelt hat, welche dich mit tropfenden Wasserhähnen, liegengebliebenen Hausarbeiten, vom Kartoffelschälen unansehnlichen Fingern belästigen mußte und als Krönung noch ihre müden Beine hochlegte und ab und an vor einer Liebesromanze im Fernsehen völ-

lig unstimuliert einschlief, bestenfalls noch zu wecken von einem ihrer weinenden Kinder, das sich bei einem Geburtstagsfest überfressen hatte.
Nein, du hattest es wahrlich nicht einfach, mein geliebter Engel, wenn du Abend für Abend in die Niederungen der arbeitenden Ameisen steigen mußtest und deine Göttin nicht wiederfinden konntest, weil sie gerade mit dem immer wieder abspringenden Schnuller der Babyflasche einen Krieg führte, während das ungeduldige Gebrüll des dazugehörenden Kindes deutlich anzeigte, wo die Wichtigkeiten des Lebens zu finden sind.
Beklagt hast du dich nie, nur die vielleicht erste, aber sicher die beste Möglichkeit genutzt, dir eine andere Göttin zu suchen, die ein gepflegtes Reich ganz für sich alleine hat.
„Aha", wirst du sagen, „jetzt kommen die schon längst fälligen Pfeile gegen Rosalinde. Wo bleibt da die so oft und meist vergeblich beschworene Solidarität der Frauen?"
Nein, meiner Lieber, ich werde mich nicht auf Rosalinde einschießen, das hättest du gerne, erleichtert grinsend und höflich aus der Schußlinie treten und zusehen, wie wir uns duellieren. Und Schiedsrichter spielen: eins, zwei, drei, aus ...
Eine plumpst um und ist weg vom Fenster – ich war das, wie du an dem Plumps gemerkt hast.
Ich werde auch nicht in das Wehklagen verfallen, Rosalinde habe mir meinen Mann weggenommen.
Rosalinde hat nicht dich genommen, du bist gerannt, und wie, und dann hat sie genommen, was da angerannt gekommen ist. Sie hat dich mir nicht von meiner Seite gestohlen, du bist losgespurtet und hast mich in weiter Ferne zurückgelassen.
Warum also sollte ich mich mit Rosalinde duellieren, um dich zu erheitern, oder damit du daran deinen Wert ablesen kannst – vergiß es.

Manchmal, ja, da habe ich Rosalinde beneidet. Da hätte ich liebend gerne mit ihr getauscht. Nicht so sehr, um dich,

meinen Engel, wieder in den Armen halten zu können und diesmal festzuhalten, bis daß der Tod mich scheidet. Das hattest auch du leichtfertig gelobt, als der Tod noch in weiter Ferne war, so daß man über diese Worte nicht nachzudenken brauchte. Daß du es jetzt mußt und vermutlich auch tust, das gönne ich dir nicht. Es tut mir weh, sehr weh, für dich und Rosalinde.
Nein, manchmal hätte ich mit Rosalinde um ihr Leben tauschen mögen.
Du weißt es nicht. Als du kürzlich die Schlüssel von Rosalindes Wohnung hier vergessen hattest – daß du Blumen gießen kannst, hast du mir wohlweislich all die Jahre verschwiegen –, da habe ich mich wie eine Diebin in Rosalindes Wohnung geschlichen, nur um zu sehen, wie deine Zuflucht in das Land der Träume aussieht. Und ich habe Rosalinde beneidet und, obwohl du es nicht verdient hast, ich habe ein winziges Quentchen verstanden. Ja, zugegeben, darin ließ sich leben, bequem für sich leben und Ruhe einatmen.
Da hast du recht, wenn du unsere alten Raffgardinen gegen den ungehinderten Blick aus dem Fenster eintauschst, auch wenn er nicht so schön ist. Und da hast du recht, dir einen Ohrensessel für dich allein zu suchen, der dann nicht ständig von einer deiner Töchter, die sich gerade das Gesicht mit einer dicken Schicht Quark einbalsamiert hat, belagert wird.
Und ganz sicher hast du recht, daß wir uns weder einen wandgroßen Spiegel, noch eine chinesische Bodenvase im Flur leisten können, solange unsere Jüngste immer erst noch drei Runden im Flur dreht, bevor sie diese verdammten Rollschuhe endlich auszieht.
Und, mein geliebter Engel, du hast auch recht – in Rosalindes Bett passen wir beide nicht hinein, es sei denn, ich würde jede Nacht meine Matratze auf den Fußboden legen, damit du ausschlafen kannst, da ich sonst zuviel Platz wegnehme.
Ich habe auch in Rosalindes Kleiderschrank gesehen. Den habe ich jedoch sofort wieder geschlossen, denn die Kleider rochen zu gut, während mein Parfum während vieler

unserer Ehejahre immer säuerliche Milch war, die mir eins der Babies beim Aufstoßen über die Schulter oder an den Hals gespuckt hatte.
Du hast ja recht, mein geliebter Gabriel, aber hast du dich nicht auch ein Mal, nur ein einziges Mal gefragt, wie all das kam?

18

Ich habe dich damals mit Leidenschaft geheiratet, von dir aus gesehen war diese Heirat wahrscheinlich wie eines deiner vielen Pflaster, die du mir so häufig aufgeklebt hattest. Diesmal war es wohl das Pflaster der Sicherheit auf meinen Bauch, mit dem ich mich an deinen Arm hängen durfte.
Leichtsinnig waren wir beide gewesen, mein Lieber, und du hast mich nach der vollendeten Tatsache nicht im Stich gelassen, und dafür war und bin ich dir dankbar.
Aber hattest du bei oder vielmehr vor dieser Gelegenheit daran gedacht, daß ich mir vielleicht mein Leben anders vorgestellt hatte – nicht so jung verheiratet und sofort mit einem Kind. Natürlich hätte ich mich informieren sollen – warum ich eigentlich, mein Lieber –, aber kannst du mir auch sagen, wo? Damals, in einer Zeit, als sich die Aufklärung auf Bienen und einen unverständlichen Brei von verschämten Worten beschränkte, aus dem das Wort Ehe noch am deutlichsten zu verstehen war. Glaube mir, ich wußte gut Bescheid über Bienen und Hühner, aber schon die Affen hatte man ausgelassen, und was auf jeden Fall ausgelassen wurde, das war: wie verhindert man den Zustand, in den ich dann geraten bin.

Also – wen hätte ich fragen sollen, dich etwa? Entschuldige, daß ich herzlich lache; Pflaster klebst du hinterher auf.
Unseren alten Hausarzt? Ein sehr aufgeklärter Mann, der immer wieder darüber schimpfte, daß sich die Frauen mit zu vielen Schwangerschaften ruinieren – wohlgemerkt, die Frauen ruinieren sich selbst, so etwa wie sich jemand ständig überfrißt –, der ihnen aber ganz offensichtlich verschwieg, wie das zu verhindern ist. Natürlich, das hätte ja ganz vehement dagegen verstoßen, daß Lust auf jeden Fall zu vermeiden ist. So wie du im Schweiße deines Angesichts dein Brot zu essen hast, so hast du, gefangengehalten in deiner Angst, schon wieder schwanger zu werden, die Lust zu töten, denn dann tust du das Schändliche wirklich nur, wenn danach deine Gebärmutter etwas zu tun bekommt. Wer hat sich das wohl ausgedacht?
Aber zurück zu unserem eisernen Verfechter der Frauengesundheit. Glaubst du allen Ernstes, er hätte für mich sein Geheimnis gelüftet; er hätte bedauert, daß es keine Hexenprozesse mehr gibt, denn dann hätte er sich mit der Nachschubversorgung für Sadisten und Feuermacher ein paar Pfründe verdienen können.
Oder hätte ich meine Mutter fragen sollen? Mama, die Zeiten haben sich geändert, man muß doch nicht verheiratet sein, um mit einem Mann zu schlafen, bitte sage mir: erstens, wie man das macht und zweitens, wie man eine Schwangerschaft verhindert.
Punkt eins hätte ich fallenlassen können, denn den hast du übernommen, sehr gut und Dank dafür, aber Punkt zwei hätte sie umgebracht. Wenn ich daran denke, wie sie sich immer nur in Andeutungen erging über die Verwerflichkeiten und Niedrigkeiten des Lebens und daß ich mich niemals darauf einlassen solle, wenn sie auf Grund meiner Frage gemerkt hätte, daß ich durchaus gewisse Zusammenhänge vermutete, die dann irgendwann zur Geburt eines Kindes führen, dann wäre ihre Welt der sauberen Scheinheiligkeit so krachend zusammengebrochen, daß es sie tatsächlich umgebracht hätte.

Ich habe, zugegeben erst viel später, oft darüber nachgedacht, was diese Verfechter der Moral doch für eine Phantasie gehabt haben müssen und habe mich gefragt, was sie alles getan haben müssen, denn eine derartige Phantasie muß schließlich ihre Grundlagen haben, und die besten Grundlagen sind noch immer die eigenen Erfahrungen.

Aber zurück zu der blütensauberen Zeit der Anständigkeit.

Ich werde nie vergessen, wie indigniert und fast angewidert sie mich ansah, als ich ihr mitteilte, daß ich dich heiraten werde, weil ich dich liebe – was noch einleuchtete – und weil ich schwanger bin – was ganz und gar nicht zu begreifen war, denn die Reihenfolge ist einzuhalten. Zumal zur Hochzeit ein jungfräuliches Bett gehörte, und ein Gleichzeitig hat es nicht zu geben.

„Na, wenigstens heiratet er dich", hatte sie an mir vorbeigemurmelt.

Du, mein geliebter Engel, warst natürlich nicht dabei, du Feigling, denn dein Pflaster klebte ja schon, also ging es wieder. Die Schande war noch in Grenzen gehalten worden, dank dir auch dafür, mein geliebter Gabriel.

Dennoch, ich darf nicht darüber nachdenken, daß unsere Töchter es doch sehr viel leichter haben, wenn ich auch befürchte, daß sie sehr bald wieder mit aller Grausamkeit dazu zurückgetrieben werden könnten, was ihnen viel zu lange als ihre Bestimmung verkündet worden ist.

Und wenn ich schon bei meiner Mutter bin – was hast du dir eigentlich dabei gedacht, in der Zeit unserer Anfangsjahre, als sie fast täglich ankam und in unserer Wohnung schaltete und waltete und mich damit an die Wand drückte, wie sie versuchte mich vor dir lächerlich und unmündig zu machen, während sie dich dabei verschwörerisch anlächelte, und du schwiegst. – Wenn sie da mit Übergewicht, gelbgefärbten Haaren, beim Überkronen zu groß geratenen Zähnen und mit einem Haufen Schmuck behängt ihre Anweisungen gab, so als habe sie ihre einzige Tochter nur deshalb in die Welt gesetzt, um einen Sklaven zu haben, und zwar für immer.

Was sich tagsüber abspielte, das wußtest du nicht, aber du hättest vielleicht einmal fragen können, warum ich abends völlig erschöpft und entnervt gewesen bin.
Natürlich hatte sie das alles, wie sie nie zu betonen vergaß, nur gut gemeint, denn: „Ich will dir ja nur helfen, mein Kind."
Wenn sie bei diesem oft wiederholten Satz nur gelegentlich über dessen Inhalt nachgedacht hätte, dann wäre ihr aufgefallen, daß ich eben nicht mehr dieses „mein Kind" war, und dann hätte sie mir und vermutlich auch sich selbst sehr viel erspart.
Aber so – ich wurde überhäuft mit den Erfahrungen aus dem reichen Fundus ihres Lebens und sollte, ach was, war verpflichtet, diese für mein Leben zu übernehmen, damit mir die schlimmen Erfahrungen erspart bleiben. Dann wäre ich genau ihr Lebensabbild gewesen und genau das, was sie sich immer als Tochter vorgestellt hat, und wenn ich dann noch gleichzeitig mit ihr gealtert wäre, dann wäre sie rundum mit mir zufrieden gewesen. Aber so – es war schon ein Akt von schlimmer Undankbarkeit, ich selbst sein zu wollen, mit einem eigenen, von mir gelebten Leben, ohne den Versuch, ihr sklavisch nachzueifern.
Da hast du dich rausgehalten, mein schnöder Engel.
Wenn Mama gekocht hatte – selbstverständlich machte sie das, denn ich war ja zu blöd dazu –, dann ließest du es dir schmecken und hast sie gelobt, und sie hat bescheiden gelächelt und mir befohlen, endlich den Tisch abzuräumen, wenn wir uns noch unterhalten wollten. Den Abwasch durfte ich auch allein machen, während du ihr höflich zugestimmt hast, wenn sie verkündete, junge Hausfrauen müsse man noch lange anleiten, bis sich der Mann in seinem Zuhause so richtig wohlfühlen könne. Die Wohnung müsse makellos sauber sein, die reinste Puppenstube, das war ihr Lieblingswort, und so sollten wir auch darin herumsitzen. Wenn ich mich schon mal setzen durfte und aufhören konnte, die emsige Hausfrau zu spielen, dann sollten wir nur dasitzen, möglichst keine Kissen zerknüllen und stumm und steif ein Teil dieser barbarischen Dekoration werden, die sie hemmungslos als Wohnung

wie eine Puppenstube bezeichnete. Die Hauptpuppe darin durfte ich spielen, mich hin- und herschieben lassen. Wenn Mama der Meinung war, ihre Puppentochter paßt jetzt, da die Dekoration mal gewechselt werden muß, besser in die Küche, dann wurde ich in die Küche gejagt, und wenn die Tochterpuppe sich, weil jetzt die Nachbarinnen zum Einkaufen gingen, besser als wischendes Heimchen im Hausflur machte, dann wurde ich zum Putzen der Treppe abkommandiert. Und siehe da, immer zum rechten Zeitpunkt, wenn Publikum kam, da erschien Mama vor Mutterliebe strotzend und erklärte mir, wie man die Treppe richtig saubermacht.
Ich hatte zu begreifen, daß die Liebe eines Mannes über einen sauberen Fußboden, bequeme Sofas und gut gebügelte Hemden geht und dann auch noch im Magen landet.
Warum eigentlich? Warum soll ich wie eine Putzfrau, Köchin, ein Diener, eine Wasch- und Bügelfrau, sowie Kinderschwester, jede mit einem eigenen Achtstundentag, schuften und den Gipfel einer perfekten Hausfrau erklimmen, um dort oben als Frau zusammenzubrechen?
Warum hast du Ekel Mama beigepflichtet, als sie genüßlich wie ein Stück Praline die Worte auf der Zunge zerquetschte, ich müsse unbedingt immer schöne Blumengewächse auf der Fensterbank haben: „Denn eine Frau, die keine Blumen pflegen kann, die kann auch keinen Mann pflegen, mein Kind."
Und ich dumme Gans habe jeweils dann, wenn ich einen der hoffnungsvoll blühenden Pötte erfolgreich begossen und ersäuft hatte, auf dem Markt einen neuen Pott gekauft, obwohl wir das Geld sehr viel besser für wichtige Dinge hätten gebrauchen können.
Niemals hatte ich gewagt, die Pötte einfach abzuräumen und durch nichts zu ersetzen, ihr zu sagen, daß ich ihre Befehle und grenzenlos dummen Reden satt hätte.
„Na gut", hätte sie gesagt und sich, deutliche Untätigkeit demonstrierend, in einen Sessel gesetzt, nicht mehr gesprochen und später behauptet, man dürfe mir ja nichts sagen.

Damals hast du mich ganz schön im Stich gelassen, indem du ihre Reden aus purer Feigheit durch Schweigen noch unterstützt hast. Daß ihre bedrohliche Anwesenheit – ja bedrohlich für mich und unsere Ehe – nicht viele Jahre dauerte, weil sie früh gestorben ist, das ist traurig, denn es hätte auch anders sein können; ohne deine von ihr durch dein Schweigen vermutete Unterstützung hätte sie wahrscheinlich nicht derart ungehemmt gegen mich gewütet und meine Gefühle für sie völlig verwüstet.

Zugegeben – später herrschte bei uns oft ein mildes Chaos, aber hast du dir einmal vorgestellt, wie das zu bewerkstelligen ist: gleichzeitig in der Suppe rühren, Fieber messen, Flasche geben, zwei winzige Patschhände daran hindern, einen Teller voll Spinat vom Tisch zu kippen, Haare kämmen, Schuhe zubinden, Hausaufgaben nachsehen, staubsaugen und unseren ältesten Rauschgoldengel davon abhalten, sich mit dem Brotmesser die Locken zu kappen?
Ich hätte mich jeden Tag mit zehn multiplizieren müssen, um allen Ansprüchen gerecht zu werden. Und mit dem elften Multiplikator hätte ich mich pflegen, die Nägel lackieren, die Haare locken, meinen Körper kneten und mir ein Diätfutter zubereiten müssen, damit ich die schlanke Geschmeidigkeit meiner Jugend behalte und dem Kampf gegen zu viele Pfunde und Orangenhaut an den Oberschenkeln gewinne.
Wie, mein geliebter Engel, macht man das ohne ein Heer von Dienern. In Filmen sind solche Zustände immer Komödien, aber diese Komödien zu leben ist ein harter Kampf, und ich für mich habe es schon als großen Erfolg verbucht, trotz allem nicht eine nörgelnde Megäre geworden zu sein.
Wie du weißt – was du mir gerade in letzter Zeit oft gesagt hast –, habe ich mich nie beklagt. Ich habe die Dinge immer so gesehen, wie sie sind und habe jedes einzelne unserer kleinen Ungeheuer herzlich willkommen geheißen und mich auch nicht beirren lassen, wenn sie sich sehr

bald in Nervensägen verwandelten und so lange in diesem Zustand, auf unseren Nerven und Sofas herumhopsend, verharrten, bis die jungen Damen ihre eigene Welt entdeckten.

Ihre Welt, auf Rollschuhen, brüllend laute Musik hörend, mit Quarkschichten im Gesicht – wir hatten dann keinen Nachtisch –, in Jeanshosen mit künstlichen Löchern und in absolut chaotischen Zimmern. Während sie mir sagten: „Mama, laß doch, reg dich nicht auf."

Nein, das habe ich auch nicht getan, auch dann nicht, als die ersten pickeligen, ungelenken, schief vor Verlegenheit grinsenden Jünglinge das Chaos komplettierten; unsere Töchter mit ihnen wie auf Wolken davonsegelten und ich nächtelang aufblieb, um abzuwarten, daß sie strahlend irgendwann den Weg nach Hause fanden.

„Mama, geh doch schlafen, mir passiert schon nichts."

Dann lagen sie mir glücklich um den Hals, und ich bekam den letzten Kuß ihres Abends – den hatten sie für mich aufgehoben, was sehr nett war. Wenn sie dann wenigstens nicht ständig ihren Hausschlüssel zu Hause gelassen hätten, dann wäre es mir möglich gewesen, tatsächlich mal schlafen zu gehen. Aber so – Papa darf nicht geweckt werden, er muß morgen arbeiten.

Ich nicht?

Ah, der Unterschied ist wohl der, daß Papa für seine Arbeit bezahlt wird und ich bloß unterhalten werde.

Was meinst du, mein Lieber, was deine geliebten Töchter, mit denen du dich ab und an zu umkränzen pflegst – sie sind sehr schön, nicht wahr –, sagen würden, wenn ich ihnen von Rosalinde erzählte. Bist du sicher, daß sie dich dann noch immer mit der Hingabe, die man einem seltenen, lieben Gast entgegenbringt, lieben würden? Aber keine Angst – Rosalinde ist nur unser beider Angelegenheit, und ich habe nicht vor, mich bei unseren Töchtern auszuweinen darüber, was du doch für ein Schuft bist und was ich für eine arme, verlassene Frau bin.

Gabriel, es waren harte Jahre für uns beide, aber warum bin ich auf der Strecke geblieben, das frage ich mich immer wieder.
Ich frage mich, warum bist du davongespurtet, als alles eigentlich sehr viel besser wurde. Keine plärrenden Babies mehr, sondern mäßig vernünftige Töchter, die zwar begrenzt, aber immerhin mit sich reden lassen.
Nicht mehr eine Menge von Hausarbeiten, die drohen, nicht nur über meinem Kopf zusammenzubrechen, sondern mehr Zeit und Ruhe, auch für uns.
Du meinst, seither hatte ich doch Zeit, eine Art Rosalinde zu werden.
Aber nach über zwanzig Jahren, die dermaßen vollgepackt waren mit Leben und Anforderungen, so daß ich mir vorkam, als renne ich ständig dem letzten Bus hinterher, war ich schlichtweg froh, Ruhe zu haben, ausschlafen zu können.
Glaube nicht, ich hätte mich nicht im Spiegel betrachtet, mir sind sehr wohl meine sich immer wieder nach allen Seiten kräuselnden Haare aufgefallen, die sich durch nichts bändigen ließen, was man nur annähernd als Frisur bezeichnen kann, es sei denn, ich hätte Stunden um Stunden beim Friseur zugebracht, aber dafür hatte ich früher keine Zeit und jetzt keine Nerven.
Ich habe sehr wohl meine ersten grauen Haare bemerkt und die ersten Falten um die Augen. Und ich war entsetzt und deprimiert, daß ich nach all den Jahren des Kampfes mit der hektisch vergehenden Zeit nun mit dem beginnenden Alter kämpfen muß.
Glaube nicht, ich hätte mich nie gefragt, wo mein Leben, das Leben, das mir gehört, das mir als das meine gegeben worden war, hingeflossen ist. Und wie es vergehen konnte, ohne daß ich merkte, daß es mein Leben war, das verging, während ich froh war, daß die Töchter älter wurden und ich mir mehr Luft erhoffte.
Und dabei mochte ich nicht immer Blicke auf mir spüren, die sagten: „Ist die dick!" Und jetzt will ich nicht Blicke auf mir spüren, die sagen: „Ist die dick und alt!"

Ich möchte, daß man den Blick nicht gleich von mir abwendet.
Ich möchte, daß jemand freudig überrascht ist bei meinem Anblick und das nicht oder nur schlecht verbergen kann, und ich möchte eintauchen in diese bewundernden Blicke, und dann möchte ich mich mit Geist und Humor unterhalten können, ohne dauernd heimlich zu gähnen. Schließlich möchte ich mir vorstellen können, daß ich vielleicht einmal diesen bewundernden Blicken nachgeben würde.
Ich möchte mir vorstellen können, wie jemand – und verzeih, dies mußt nicht unbedingt du sein – mir mit zärtlicher Stimme sagt: „Du bist schön", und sei dies auch nur für einen Augenblick.
O ja, manchmal möchte ich in meiner Verzweiflung aussehen wie Rosalinde. Ich möchte dieses schmale Gesicht haben mit den vollen Lippen, den großen dunklen Augen und vor allem den Gesichtsausdruck. Es ist kein leeres, makellos schönes Gesicht, der Ausdruck hat mich fasziniert, und nicht nur mich, der von tiefer Ernsthaftigkeit wechselt zu einem strahlenden Lachen, von dem das ganze Gesicht verändert wird, während man überrascht den Blick nicht abwenden kann.
Ich habe sie lange angesehen, wie sie stand und schwieg, einfach nur die Leute betrachtend, als wäre sie allein. Dann bist du auf sie zugegangen, sie drehte nur kurz den Kopf nach dir und rückte zur Seite, so als wollte sie sagen: „Komm, du hast auf meiner Insel auch noch Platz."
Und da standest du dann neben ihr. Ein schönes Paar, mögen die Leute gedacht haben, bis dieses schöne Paar weggegangen ist und ich, dein Diener für die Alltäglichkeiten, zurückgeblieben bin.

Wie auch immer all das ausgehen mag, eines scheint festzustehen für den Fall, daß Rosalinde überlebt.
Dann werden wir wissen, daß wir etwas ganz gewiß gelernt haben – das Leiden und das Leben.

Es ist:
Wenn uns die Worte zur Anklage versiegen.
Wenn unser Schrei des tödlich Verletzten ungehört bleibt.
Wenn wir uns im kleinsten Winkel unseres Seins verbergen.
Wenn wir die Rückkehr zu unserem vormaligen Nicht-Sein ersehnen dorthin, wo uns Worte und Taten nicht treffen konnten.
Wenn diese Undurchführbarkeit den Tod als Versuch in Erwägung zieht.
Wenn in uns die Erkenntnis aufleuchtet es ist alles nicht wahr.
Wenn diese Hoffnung nur geträumt ist und unsere Seele nicht erreicht.
Wenn wir auf der Suche nach Hilfe mit den Händen in die Leere greifen.
Wenn niemand da ist, der die Zeit zurückdrehen und im glücklichen Sein anhalten kann.
Wenn wir versuchen uns an der vergehenden Zeit festzuhalten, von ihr uns wegtragen zu lassen.
Wenn wir nur noch verharren.
Abwarten.
Still geworden hoffen wir, mit der Zeit würde auch die Unerträglichkeit des in Schmerzen Seins vergehen.
Hoffen, daß die Wunden sich schließen und der Anblick der späteren Narben keine Wichtigkeit hat.
Dann entwachsen wir langsam unserer Kindheit und bewegen uns dem Ende unseres Lebens entgegen.